Sonja Bullen

1000 Gefühle

Lovesong in der Schülerband

Sonja Bullen fühlt sich seit frühester Kindheit zu Büchern hingezogen, findet in ihnen Entspannung, Trost und gute Laune. Nun ist sie selbst Autorin, hat bisher diverse Mädchenbücher verfasst und freut sich jeden Tag darüber. Sie wohnt mit ihrem Mann, ihren beiden Kindern und einer treuen Labradorhündin in der Nähe von Bremen.

Sonja Bullen

1000 Gefühle
Lovesong in der Schülerband

Mit Illustrationen von Carolin Liepins

LALALA.......

Ravensburger Buchverlag

Als Ravensburger Taschenbuch
Band 52573
erschienen 2017

1 2 3 4 5 E D C B A

Originalausgabe
© 2017 Ravensburger Buchverlag Otto Maier GmbH
Lektorat: Gabriele Dietz
Illustrationen: Carolin Liepins
Umschlaggestaltung: Maria Seidel,
unter Verwendung von Illustrationen
von Carolin Liepins

Printed in Germany
ISBN 978-3-473-52573-7
www.ravensburger.de

Inhalt

Das **Casting**

„Hast du's schon mitbekommen?", rief Line. Sie kam gerade aus der Bibliothek und hüpfte mit einem fetten Grinsen auf Mia zu.

„Nee, was denn?"

„Mats will auch in die Band!"

Mia, die ihre Pause auf einer Schulhofbank genoss, richtete sich kurz auf und fiel dann sofort wieder in sich zusammen. Jetzt gab es also kein Zurück mehr.

Line schwang sich schnaufend neben Mia, die ihre Stirn in Falten gelegt hatte. Sie tat so, als würde sie Mias Zweifel gar nicht wahrnehmen. „Zum Casting hätte ich dich sowieso geschickt, Mats hin oder her. Aber nun ist es natürlich *die* Chance, nicht nur wegen der Musik! Eigentlich wolltest du doch schon immer in die Schulband." Sie stieß ihrer Freundin in die Seite.

Mia spürte, wie ihr Herz Hip-Hop tanzte. „Ich hab aber jetzt schon Herzrhythmusstörungen. Wenn *er* auch da ist, könnte es sein, dass ich total versage!"

Line seufzte und rückte ein Stück näher an Mia heran. „Jemand, der so musikalisch ist wie du, versagt nicht einfach so!"

„Das ist ja auch nicht einfach so. Du weißt doch, wenn ich Mats sehe, macht mein Herz, was es will. Außerdem fangen bestimmt meine Hände an zu zittern, dann kann ich nicht mehr richtig Gitarre spielen. Und wenn ich mich traue, mich bei den Sängern einteilen zu lassen, will ich lieber gar nicht wissen, was meine Stimme macht."

Line sah ihre Freundin mitleidig an. Plötzlich strahlte sie und griff nach Mias Hand. „Weißt du was? Ich begleite dich! Ich mach einfach mit! Dann kann ich dir aus nächster Nähe beistehen."

„Ah, na ja, also, hmm, warum nicht!" Mia hatte Mühe, ihre Bedenken zu verbergen. Line war so ziemlich der unmusikalischste Mensch, den sie kannte. Wenn jemand nie, aber wirklich niemals im Takt war, dann sie. Mia wollte nicht, dass ihre beste Freundin verspottet wurde. Andererseits war die Vorstellung, nicht allein zum Casting zu müssen, sehr verlockend.

Line richtete sich auf. „Das klingt aber nicht gerade sehr überzeugend. Ich will dir doch bloß helfen!"

Mia seufzte. „Das weiß ich doch, und ich finde es total süß von dir. Es ist nur … Ich dachte immer, du machst dir nicht viel aus Musik. Und diese Band wird ganz schön viel Zeit kosten."

Lines Gesichtsausdruck entspannte sich. „Morgen nach dem Musikunterricht hat Frau Müller doch in der Pause eine kurze Besprechung einberufen. Da bin ich einfach dabei. Und schubse dich zu Mats rüber, wenn du meinst, es wäre besser, dich ganz an der anderen Seite aufzustellen." Line lächelte zufrieden und nickte ihrer Freundin zu.

Mias Herz folgte schon wieder seiner ganz eigenen Choreografie. „Ja, gute Idee. Also, nicht das mit dem Schubsen natürlich."

Es klingelte und die Freundinnen machten sich auf den Weg zum Matheunterricht.

Am nächsten Morgen schreckte Mia hoch. Ihr Handywecker spielte *Happy* von Pharell Williams, aber sie fühlte sich alles andere als happy. Bilder ihres Traumes schossen ihr in den

Kopf. Sie am Mikrofon, vor ihr Frau Müller und daneben, mit erwartungsvollen und wunderschön strahlenden Augen, Mats. Doch Mia hatte in ihrem Traum nur ein fieses Krächzen herausgebracht und Mats hatte sich erschrocken die Ohren zugehalten.

Mia musste unbedingt noch vor dem Musikunterricht mit Line darüber sprechen. Vor der ersten Stunde hatte sie ihr zwar schon ausführlich von ihrem Traum berichtet, doch Line hatte ihn einfach abgetan. Die Deutschstunde eignete sich am besten, um das Ganze zu vertiefen, denn Frau Dawarius' Unterricht war sowieso langweilig, allerdings aus irgendwelchen Gründen Lines Lieblingsfach. Ihre Lehrerin schrieb gerade „Handlungsmuster in Märchen" an die Tafel und Line schrieb mit. Mia ließ dennoch nicht locker. „Vielleicht war der Traum ein Zeichen, dass ich es lassen soll! Ich will mich doch nicht derart blamieren. Dann kann ich die Sache mit Mats gleich abschreiben."

„Apropos abschreiben", hüstelte Line gespielt streng, denn Frau Dawarius verfiel wieder in ihren Singsang und kritzelte dabei unaufhörlich etwas an die Tafel. Man konnte ihr nur folgen, wenn man irgendwie aktiv war. Vielleicht machte sich Line ja auch immerzu Notizen, um nicht einzuschlafen? Aber jetzt gab es doch Wichtigeres zu besprechen, denn das Leben war kein Märchen!

„Line, die nächste Stunde ist Musik. Bis dahin muss ich wissen, was ich machen soll."

Line schrieb ihren Satz zu Ende, dann blickte sie auf und grinste. „Ich sage dir, was du machst. Vergiss deinen Traum. Wir haben das Ganze doch schon gestern besprochen. Wir gehen zum Vortreffen und entscheiden dort alles Weitere. Ich bleib jedenfalls so lange wie möglich dabei, um dir beizustehen." Sie nickte aufmunternd, dann wandte sie sich wieder Frau Dawarius zu, die so monoton in die Klasse sprach, dass es fast unmöglich war, nicht abzudriften.

Mia stellte sich vor, wie sie gleich auf Mats treffen würde, und ihr Herz hämmerte. Erst seit Beginn des neuen Schuljahres vor einigen Wochen hatten die beiden siebten Klassen als Pilotprojekt gemeinsam Musikunterricht, um sich „so vielfältig wie möglich einbringen und in verschiedene, auch große Interessensgruppen aufteilen zu können." So hatte es jedenfalls Frau Fährle, die Rektorin, rübergebracht. Und vom ersten Tag an hatte Mia nur Augen für Mats gehabt. Er war so anders als die anderen Jungs, die ständig dämliche Sprüche rissen und nichts Besseres zu tun hatten, als sich über Fußball oder Minecraft zu unterhalten. Mats' himmelblau-grüne Augen waren irgendwie nicht von dieser Welt. Seine Stimme war tiefer als die der meisten Jungen, außerdem wusste er alles Mögliche über Musik. Wenn Mats etwas sagte, klebte Mia an seinen Lippen, ohne es zu bemerken. Manchmal musste Line sie anstupsen, wenn Mia mal wieder wie weggetreten lauschte. Es war ein wahres Glück, dass die alte Schulband nur aus Schülern höherer Klassen bestand, die mittlerweile die Schule verlassen hatten, und dass nun entschieden worden war, die Gruppe ganz neu aufzuziehen. Sonst hätte Mia nie die Chance bekommen, mit Mats zu spielen. Oder zu singen. Beim Gedanken daran lief Mia ein Glücksschauer über den Rücken.

„Mia, und du?"

Sie schreckte zusammen. Frau Dawarius sah sie durchdringend an
und wartete auf eine Antwort.

„Dein Lieblingsmärchen", flüsterte
Line ihr so leise wie möglich zu.

„Ähm, Rotkäppchen!", rief Mia erleichtert.

„Aha", murmelte ihre Lehrerin und
schmunzelte.

Mia warf Line einen dankbaren Blick zu, dann vertiefte sie sich wieder in ihre Mats-Welt.

Als ein Rascheln durchs Klassenzimmer ging, sah Mia überrascht auf. Die anderen waren dabei, ihre Sachen einzupa-
cken. Line schüttelte amüsiert den Kopf. „Wo warst du denn schon wieder mit deinen Gedanken? Lass mich raten! Bei Mats vielleicht?"

„Psst!" Mia sah sich panisch um, doch niemand der anderen

kümmerte sich um sie. Line hatte kein großes Interesse an Jungs, deshalb amüsierte sie sich über die „kleinen Ausfälle" ihrer Freundin, wenn sie rot wurde oder sich wegträumte. Mia war sich sicher, dass Line von Jungs genervt war, weil sie außer einer Schwester drei große Brüder hatte. Die machten es Line nicht gerade leicht. Und außerdem gab es in ihrer Klasse, der 7a, keinen Jungen, der nicht irgendwie eine Macke hatte. Ganz anders als in Mats' Klasse, der 7b.

Als Mia das Musikzimmer betrat, begann sie sofort den Raum nach ihm abzuscannen. Mats saß mit zwei Freunden gegenüber der Tür, hob den Kopf und lächelte sie kurz an, bevor er sich weiter mit den anderen unterhielt. Eine prickelnde Britzelwelle lief durch Mias Körper. Wie konnte jemand so gut aussehen und dabei auch noch nett sein? *Und* eine tolle Stimme haben?

Line, die hinter Mia in den Raum geschlüpft war, nahm ihre Freundin an die Hand und zog sie mit an einen der Tische. „Wolltest du am Eingang stehen bleiben, damit du den Fluchtweg direkt vor der Nase hast?", neckte sie Mia.

„Haha", murmelte Mia, während ihr Blick schon wieder zu Mats wanderte.

Frau Müller hastete zum Pult, setzte sich und begann pünktlich mit dem Klingeln die Musikstunde. Mia sah zwar, dass sich der Mund ihrer Lehrerin immerzu bewegte, sie hörte aber kein Wort. Immer wieder wechselten sich die Bilder ihres

Traumes der letzten Nacht mit denen von Mats' Lächeln ab, das er ihr eben zugeworfen hatte.

„Alle, die morgen beim Schulband-Casting dabei sein wollen, bleiben jetzt einfach sitzen, die anderen können schon in die Pause gehen", sagte Frau Müller. Beim Wort „Schulband" horchte Mia auf. Mindestens die Hälfte der Schüler erhob sich, fing an zu quatschen und kramte ihre Sachen zusammen. Mia riss die Augen auf.

„Wo geht Mats denn hin, etwa raus?", zischte sie Line zu. Da fast alle auf seiner Seite das Weite suchten, hatte er seine

Sachen geschnappt und war aufgestanden – zum Glück aber nur, um aufzurücken. Mia und ihn trennten jetzt nur noch drei Sitzplätze. Ihr Herz führte einen wilden Freudentanz auf. Frau Müller setzte sich aufs Pult. „Also, ihr Lieben, bitte seid morgen pünktlich nach der letzten Stunde hier. Wer sich mit seinem Instrument vorstellen möchte, muss das natürlich dabeihaben. Überlegt euch doch bitte, welches Lied ihr spielen oder singen wollt. Nehmt eines eurer Lieblingslieder, das klappt bestimmt am besten. Ich würde mich freuen, wenn wir dieses Jahr eine große Schulband werden, aber bedenkt bitte, dass ihr euch mit der Aufnahme verpflichtet, zu den Proben zu erscheinen, immer mittwochs um 15 Uhr. Wir werden gemeinsam auf unser erstes Konzert hinarbeiten, das vielleicht schon zum Halbjahreswechsel stattfindet. Also, wir treffen uns morgen wieder hier und dann sehen wir weiter."
Mia schluckte. Beim Gedanken an ein Konzert vor der ganzen Schule musste sie kurzzeitig einen Fluchtreflex unterdrücken.

Abends im Bett stellte sich Mia vor, Gitarristin in der Schulband zu sein. Das wäre schon ziemlich cool. Immerhin spielte sie Gitarre, seit sie sechs war. Wenn sie aber singen würde, vielleicht sogar ein Duett mit Mats, würden sie sich dann nicht noch viel näher kommen? Leider produzierte ihre Fantasie ein ähnliches Bild wie schon ihr Traum letzte Nacht. Sie neben Mats, krächzend und mit trockener Kehle. Die Gedanken drehten sich unaufhörlich in ihrem Kopf, bis Mia richtig schwindelig war. Ihr absolutes Lieblingslied, das auch ein geniales Duett wäre, konnte sie beim Casting auf keinen Fall singen. *All of me,* am besten in der Coverversion mit Jason Chen und Madilyn Bailey. Das war zwar wunderschön und romantisch, allerdings auch nicht gerade leicht zu singen.

Am Morgen fühlte sich Mia, als hätte sie so gut wie gar nicht geschlafen. Wie sollte sie diesen Tag nur überstehen?

„Oje, wie siehst du denn aus?", war Lines ehrliche, aber nicht wirklich einfühlsame Begrüßung auf dem Schulflur.

„Ich konnte ewig nicht einschlafen. Mir fehlt mein Schönheitsschlaf. Meine Haare wollten sich heute kein bisschen in Form bringen lassen."

Line kicherte. „Das hab ich mir schon gedacht, als ich deine Powerlocken gesehen hab. Die reagieren auf Schlafentzug wohl genauso wie auf Regen, oder?" Mit weicher Stimme fügte sie hinzu: „Aber vergiss nicht, ich werde an deiner Seite sein! Wir kriegen das hin."

An manchen Tagen liebte Mia ihre langen, hellbraunen Locken, heute wünschte sie sich allerdings, sie würden nicht derart eigenwillig in alle Richtungen

BAD HAIR DAY

abstehen. Sie versuchte sie mit einem Zopfband zu bändigen, was ihr nur mäßig gelang.

Der Schultag zog sich gnadenlos in die Länge. Der Zeiger der Uhr im Klassenzimmer wollte sich einfach nicht bewegen. Auf der anderen Seite war es Mia auch recht, denn so gab es noch die Möglichkeit, vielleicht einen Trick gegen ihr Aufgeregtsein zu finden. Doch als das Klingeln zum Unterrichtsschluss ertönte, war das der Startschuss für Mias Herz, sich wie ein 100-Meter-Sprinter zu benehmen. Line nahm sie an die Hand und zog sie behutsam aus dem Klassenraum in Richtung Musikzimmer, dabei summte sie sogar ein Liedchen vor sich hin. Wenn Mia doch nur ähnlich zuversichtlich sein könnte! Während Line schon eintrat, hielt Mia noch auf dem Gang inne, schloss kurz die Augen, atmete tief durch und ging dann entschlossenen Schrittes durch die Tür, weil sie fürchtete, sonst vielleicht doch noch umzudrehen. Sie prallte auf etwas, genauer gesagt, auf jemanden. Es war Mats. Er war direkt hinter der Tür stehen geblieben, um etwas aus seiner Tasche zu holen.

„Oh, sorry, Mia!" Er drehte sich um und sie sah zu ihm hoch. Noch nie hatte sie so dicht vor ihm gestanden. Sie spürte Mats' Wärme und ein frischer, holziger Geruch strömte ihr entgegen. Ein paar sehr lange Momente antwortete sie nicht, bis sie sich endlich einen Ruck gab.

„Also, nee, kein Problem, und sorry, ich wollte eigentlich nur zu meinem Platz gehen." Mia spürte, wie eine warme Welle durch ihr Gesicht rauschte. Bestimmt war sie gerade knallrot angelaufen. Mats lächelte entschuldigend und Mia stolperte zu Line.

„Wenn du noch länger da gestanden hättest, hätte ich dich geholt." Line grinste.

„Hab ich ihm gerade erklärt, dass ich zu meinem Platz wollte? Was sollte ich denn sonst machen? Das geht ja gut los", flüsterte Mia tonlos.

„Es scheint ihn aber nicht gestört zu haben, guck mal", flüsterte Line zurück. Mia sah zu Mats hinüber, der sie von der anderen Seite des Raumes anstrahlte. Sofort flammten ihre Wangen wieder auf. In diesem Moment stolzierte Greta in den Raum.

„Was will die denn hier? Die ist doch gestern gar nicht zur Besprechung geblieben!", zischte Line.

Greta hatte Mia gerade noch gefehlt. Sie war in ihrer Klasse und liebte es, im Mittelpunkt zu stehen. Auf dem Schulhof scharten sich immer mindestens vier Mädchen um sie, als wäre sie ein Promi, von dem man keinen Schritt verpassen durfte. Mia kapierte das nicht so richtig, denn bisher hatte sie nicht viel Nettes an Greta entdecken können.

„Nee, oder?" Mia stieß Line in die Seite. Greta hatte sich direkt neben

Mats gesetzt. Er nickte ihr kurz zu, dann sah er zu Frau Müller, die gehetzt in den Raum gesprintet kam.

„Entschuldigt, ich musste noch kurz etwas besprechen." Sie atmete tief durch, nahm wieder ihren Lieblingsplatz auf dem Pult ein und zählte die Schüler. „Wow, 22 angehende Musiker, das ist Rekord! Ich bin sehr gespannt!"

„Ich auch", flüsterte Mia wie zu sich selbst.

Frau Müller erhob sich. „Ich hab mir das so überlegt: Alle, die sich als Sänger vorstellen wollen, gehen auf die linke Seite, und alle, die mit ihrem Instrument hier sind, auf die rechte. Dann haben wir erst mal eine grobe Einteilung. Insgesamt können wir nicht mehr als acht Plätze für die Musiker und acht für die Sänger inklusive Background-Chor besetzen."

Greta warf Mats einen Seitenblick zu. Als er aufstand, um sich auf die linke Seite an die Wand zu stellen, folgte sie ihm. Auf halbem Weg blieb sie jedoch unschlüssig stehen und drehte sich zu ihrem Stuhl um, an dem ihre Gitarrentasche lehnte.

Mia saß noch auf ihrem Platz. „Nun komm schon!" Line strich ihr aufmunternd über den Arm und zückte ein kleines Tamburin. „Showtime!", rief sie begeistert und lief nach vorne.

Wenn Line auf dem Tamburin spielte, würde das wirklich eine Show geben, dachte Mia, erhob sich ebenfalls und griff nach ihrer Gitarre. Was sollte sie nur tun? Greta stand mittlerweile bei den Sängern, zwischen Mats und Fiona aus Mias Parallelklasse, sah aber unentschlossen zu ihrer Gitarre. Anscheinend war sie sich noch immer nicht sicher, womit sie zum Casting antreten sollte, genau wie Mia. Wenn Mia unter der Dusche stand und ihre Songs schmetterte, fand sie ihren Gesang eigentlich ganz passabel, aber würde das für die Schulband reichen? Mit der Gitarre könnte sie so richtig glänzen, riskierte allerdings, dass womöglich Greta und Mats ihr erträumtes Duett singen würden.

„Auf welche Seite kommst du, Mia?", fragte Frau Müller freundlich.

Auf die richtige, dachte Mia und atmete tief durch.

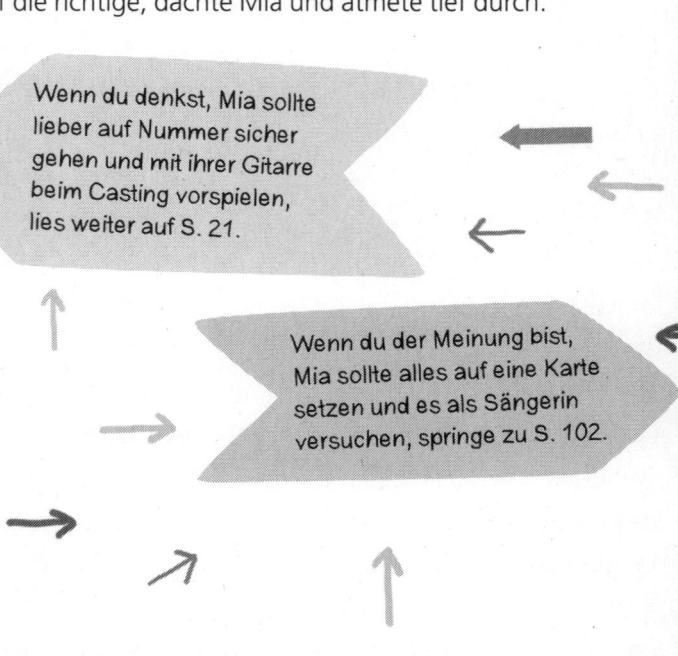

Wenn du denkst, Mia sollte lieber auf Nummer sicher gehen und mit ihrer Gitarre beim Casting vorspielen, lies weiter auf S. 21.

Wenn du der Meinung bist, Mia sollte alles auf eine Karte setzen und es als Sängerin versuchen, springe zu S. 102.

Gitarre und Tamburin

Mia setzte sich zwischen Line und Luisa, die ihr Saxofon dabeihatte. Neben Luisa saß Nevio mit einem Geigenkasten. Er war groß und blond, sah sehr nett aus, wirkte aber total schüchtern. Mit ihm hatte Mia dieses Schuljahr noch kein Wort gewechselt und sie fand, dass die Geige irgendwie zu ihm passte. Plötzlich ging ein Ruck durch Greta. Sie hastete zu ihrem Platz zurück und holte doch noch ihre Gitarre. Mia atmete auf.

Frau Müllers Blick wanderte erst zur einen, dann zur anderen Seite des Raumes. „Prima, wie ich sehe, habt ihr euch eingefunden! Ich würde gerne mit den Instrumenten beginnen. Also, wer als Erster spielen möchte, kommt nach vorn und fängt einfach an. Die Sänger können erst mal aufmerksam zuhören."

Mias Herz schlug wie wild, so viel Blut rauschte auf einen

Schlag hindurch, da trat auch schon Line vor. Frau Müller nickte ihr anerkennend zu, und los ging es. Jedenfalls hämmerte Line auf das Tamburin ein, als hätte es ihr etwas getan. Ein Rhythmus war nicht zu erkennen, dennoch wollte Line gar nicht wieder aufhören, sie schloss sogar genüsslich die Augen. Greta kicherte leise und Mias Herz sank. Das machte Line alles nur für sie! Als ihre Freundin endlich fertig war, strahlte sie über das ganze Gesicht, und Mia begann zu klatschen. Vor Erleichterung, dass das Gerassel vorbei war, aber vor allem deshalb, weil sie die beste Freundin der Welt hatte. Die anderen stimmten halbherzig ein. Frau Müller, die sich ein paar Notizen gemacht hatte, ging einen Schritt auf Line zu.

Tamburinterror!

„Danke! Für deinen Mut und deinen tollen Einsatz."

Line schritt erhobenen Hauptes zurück zu ihrem Platz. „Na, wie war ich?", flüsterte sie Mia zu.

„Einfach einmalig!"

Niemand machte Anstalten, als Nächster nach vorn zu gehen. Line buffte ihre Freundin in die Seite und flüsterte: „Na los! Dein Auftritt!"

Mia schnappte sich schnell ihre Gitarre, denn vielleicht war gerade jetzt wirklich ein guter Zeitpunkt vorzuspielen. „Gut, dann mach ich weiter." Ihre Stimme war heiser und ungewohnt leise. Und plötzlich war Mia mehr als dankbar, dass sie sich nicht zu den Sängern gesetzt hatte.

„Gerne, Mia. Gitarren werden immer gebraucht in einer Band."

Mias Hand zitterte, zum Glück bekam sie das aber schnell in den Griff. Sie spielte Gitarre wie im Schlaf, konnte sich voll und ganz auf ihren Song *Just give me a reason* von Pink

konzentrieren. Nach einer Weile gelang es ihr, alles um sich herum auszublenden. Jedenfalls bis zu dem Moment, als sie fertig war und kurz das Gefühl hatte, niemand würde reagieren. Doch dann brach der Applaus los. Mit einem verstohlenen Seitenblick nahm sie wahr, dass auch Mats mit leuchtenden Augen in die Hände klatschte.

„Danke, Mia, das war großartig!", rief Frau Müller überschwänglich.

Line griff Mias Hand. „Das hast du gerockt! Keine Frage, dass du in die Band kommst!" Mia ließ sich von Lines Begeisterung anstecken und genoss die Erleichterung, die sich in ihr breitmachte.

Als Nächster spielte Nevio vor. Er sagte nicht viel, nahm einfach seine Geige aus dem Koffer, ging nach vorn und fegte über die Saiten. Mia stand der Mund offen. Sie hatte ein braves Lied erwartet, aber was Nevio spielte, war rockig und schwungvoll. Er stand ruhig da wie ein Baum, verlor sich in seinem Spiel, und zum ersten Mal bemerkte Mia, dass er ziemlich gut aussah.

„Der erinnert mich an diesen Geiger da, wie heißt der noch?", fragte sie Line.

„David Garrett?"

„Ja, genau der." Mia beobachtete ihre Freundin. Lines Blick klebte an Nevio und irgendetwas war da eben in ihrer Stimme gewesen, das Mia aufhorchen ließ. Nevio endete mit einem satten Strich über die Saiten, ließ dann schwungvoll den Arm mit dem Geigenbogen sinken und blickte in die Runde. Die Zuhörer fanden seinen Auftritt genauso faszinierend wie Mia und Line. Auch Frau Müller klatschte wie wild.

„Nevio, super, eine Geige hatten wir bisher noch nie in der Schulband! Die wurden mir meistens vom Orchester weggefischt", rief sie zufrieden.

Nevio fiel wieder in seine Schüchternheit zurück, lächelte kurz und huschte auf seinen Platz.

Nach und nach spielten auch die anderen vor. Es gab noch weitere Gitarren, Keyboarder, einen Bassisten, zwei Schlagzeuger, Luisa am Saxofon und natürlich Greta, die sich ihren Auftritt für den Schluss aufgespart hatte. Es dauerte ewig, bis sie mit dem Spielen begann, so als würde sie sicherstellen wollen, dass auch ja alle Blicke auf sie gerichtet waren. Mit einem theatralischen Blick begann sie ihr Solo, eine Version des Liedes *80 Millionen* von Max Giesinger. Eigentlich eine recht leicht zu spielende Melodie, aber Greta versuchte, ihr ganzes Gefühl hineinzulegen, und als sie endete, warf sie Mats einen schmachtenden Blick zu. Das war ja nicht zum Aushalten!! Auch Line rollte mit den Augen. Mats suchte zwar nicht unbedingt Gretas Blick, an seinem Lächeln erkannte Mia aber, dass ihm Gretas Performance gefiel. Ihre Flirterei auch?

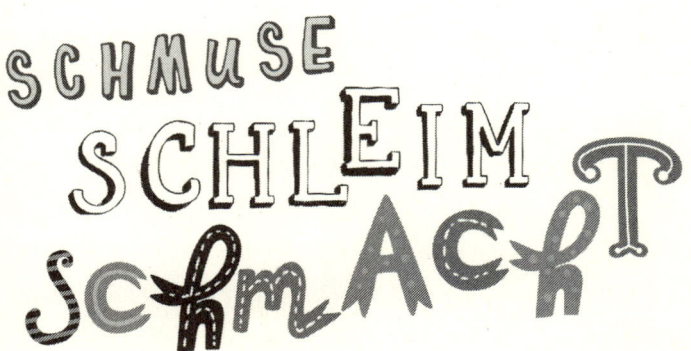

SCHMUSE SCHLEIM SCHMACHT

Frau Müller sprang auf und trat in die Mitte des Raumes. „Also, ich bin echt begeistert von euch! Ihr wart klasse! Leider können trotzdem nicht alle in die Band. Ich schlage vor, dass wir eine kleine Pause machen und ihr in dieser Zeit überlegt, mit wem ihr in Runde zwei vorspielen wollt. Dann kann ich sehen, wie ihr im Zusammenspiel agiert, und danach entscheide ich. Alle, die dann nicht in der Band dabei sein können, bitte ich, ins Organisationsteam zu kommen, denn auch das ist keine unwichtige Aufgabe. Ich mache in der Zwischenzeit mit den Sängern ein paar Stimmübungen, bis ihr zurück seid."

Mia trottete hinter Line her und schlenderte gedankenverloren über den Flur zu einer Sitzecke.

„Hey, worüber denkst du denn nach? Ist doch super gelaufen, oder? Also, ich bin ja eigentlich nur wegen dir hergekommen, aber ich muss sagen, dass ich jetzt richtig Lust bekommen habe, tatsächlich mitzumachen!" Line strahlte.

„Was meinst du, wollen wir gleich zusammen vorspielen? Dann kann ich zu deinem Gitarrenspiel einen schönen Beat rasseln."

Mias Mundwinkel gingen nach unten, ohne dass sie etwas dagegen tun konnte. Line war das nicht entgangen.

„Na ja, muss ja auch nicht. Vielleicht kommst du wirklich besser zur Geltung, wenn du mit jemandem spielst, der es richtig drauf hat. Luisa zum Beispiel." Line lächelte, aber Mia wusste, dass sie dieses Lächeln große Anstrengung kostete. „Ihr soll-

tet euch noch schnell besprechen, bevor das Casting weitergeht." Das klang sehr enttäuscht, aber Line versuchte so gut
es ging, ihre Gefühle zu verbergen. Sie stand auf und zog Mia
mit sich hoch. „Nun geh schon, ich verstehe das! Guck mal,
da ist Luisa. Warte mal eben!" Line winkte Luisa heran, die
auf der anderen Seite des Flures gerade vom Mädchenklo
kam. In Mias Bauch hatte sich ein fieser, schwerer Klumpen
gebildet.

„Bis gleich!", sagte Line übertrieben fröhlich und lief in die
andere Richtung des Flures davon.
Mia fühlte sich absolut mies. Eigentlich hätte sie ihre Freundin
zurückrufen sollen. Oder hatte sie sich Lines Enttäuschung
nur eingebildet? Sie hatte doch selbst gesagt, dass sie eigentlich nur wegen Mia mitgekommen war und sich nicht viel aus

Musik machte. Aber Mia hatte deutlich gemerkt, dass sich das mit dem Vorspielen geändert hatte.

Luisa stand wie ein Fragezeichen vor Mia, da tauchte Nevio neben ihnen auf und sah sie freundlich an. Für einen Moment schoss es Mia durch den Kopf, dass Geige und Gitarre zusammen ganz schön was hermachen würden. Sie fand Luisa zwar nett, konnte sich aber nicht vorstellen, was sie beide zusammen spielen sollten. Aber dann hatte sie plötzlich andere Bilder vor Augen – Lines enttäuschtes Gesicht, ein malträtiertes Tamburin, Gretas fieses Grinsen, Frau Müllers erwartungsvolle Blicke.

Und endlich wusste Mia, was sie tun wollte.

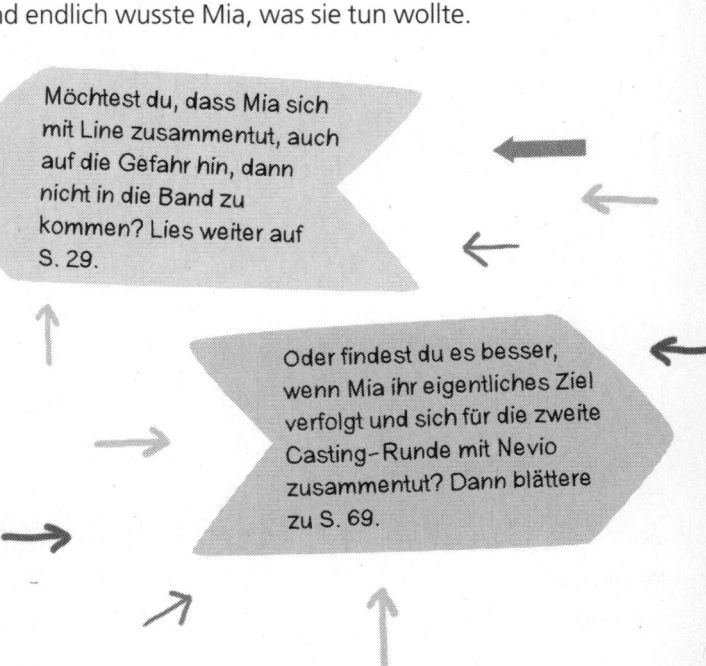

Möchtest du, dass Mia sich mit Line zusammentut, auch auf die Gefahr hin, dann nicht in die Band zu kommen? Lies weiter auf S. 29.

Oder findest du es besser, wenn Mia ihr eigentliches Ziel verfolgt und sich für die zweite Casting-Runde mit Nevio zusammentut? Dann blättere zu S. 69.

Ein ungewöhnliches Duett

Mia wandte sich an Luisa. „Sorry, dass Line dich hergewinkt hat, sie hat da wohl etwas falsch verstanden. Ich muss mal eben hinterher." Mia lächelte Nevio noch kurz zu, raste in die Richtung, in die Line verschwunden war, und ließ eine etwas verwirrte Luisa und einen enttäuschten Nevio stehen. Kurz vor dem Musikraum holte Mia ihre Freundin ein. „Line, warte mal!"

„Wow, ihr wart aber schnell!"

„Nee, wir haben gar nichts besprochen. Brauchen wir ja auch nicht, weil ich doch mit dir vorspielen möchte!"

Lines hochgezogene Schultern sanken herab. „Ach so", antwortete sie erleichtert. „Bist du sicher?"

„Na klar!" Mia knuffte Line liebevoll in die Seite. „Ich kann noch ein paar Pink-Songs auswendig. Wie wäre es, wenn wir zusammen *Dear Mr. President* spielen?"

„Ist gut!", antwortete Line, da hörten sie schon die Stimme ihrer Musiklehrerin.

„Bitte kommt jetzt alle zurück, wir wollen weitermachen!" Frau Müller erschien im Türrahmen. „Ah, da seid ihr ja!" Sie nickte Mia und Line zu, hinter ihnen waren auch Luisa und Nevio aufgetaucht. „Na dann, ihr seid die Letzten!" Frau Müller schob sie behutsam in den Musikraum.

Greta drängte sich selbstsicher zu Nevio. „Wollen wir zusammen vorspielen?", flüsterte sie. „Das kriegen wir auch ohne große Besprechung hin, oder?"

Luisa, die anscheinend auch die Hoffnung gehabt hatte, mit Nevio spielen zu können, sich aber nicht getraut hatte zu fragen, setzte sich schnell zu Niko, dem Bassisten, denn so wie es aussah, hatte auch er noch abgewartet.

„Eigentlich solltet ihr alles in der Pause besprechen! Wer möchte beginnen?" Dieses Mal hatte Frau Müller auf einem Stuhl in der Mitte Platz genommen. Kerzengerade und mit erwartungsvollem Gesichtsausdruck saß sie dort.

„Wir!" Line war einfach nicht zu bremsen und ging mit drei zügigen Schritten nach vorne. Mia folgte ihr zögernd.

„Gut, ihr beiden. Also, Line, ich habe mir überlegt, dass du doch auch das Shake-Ei nehmen könntest. Ist dir das recht?" Line freute sich. „Ja, warum nicht?" Zum Glück entging ihr Gretas schnippischer Gesichtsausdruck. Frau Müller reichte Line die eiförmige Rassel, und Mia, die sich ihre Gitarre umgehängt hatte, stellte sich unsicher neben ihre Freundin. Sie versuchte, Kontakt mit Line aufzunehmen, doch die blickte erwartungsvoll ins Publikum. Also begann Mia zu zählen und dann vorsichtig zu spielen. Line wiegte zunächst nur den Kopf, dann setzte sie ein und rasselte … immer genau neben dem Takt. Mia versuchte sich ihr anzupassen, doch wenn das einigermaßen gelungen war, rasselte Line ihr auch schon wieder davon. Mia gab trotzdem alles, irgendwann versuchte sie, das Shake-Ei ganz und gar auszublenden, nur beim Schlussakkord sah sie zu, dass Line und sie gleichzeitig aufhörten. Frau Müller klatschte – anerkennend oder mitleidig, da war Mia sich nicht ganz sicher. Line hingegen war ganz aus dem Häuschen, bis Greta einen ihrer berühmt-berüchtigten Sprüche losließ.

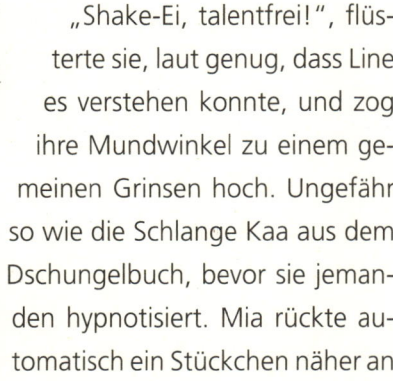

„Shake-Ei, talentfrei!", flüsterte sie, laut genug, dass Line es verstehen konnte, und zog ihre Mundwinkel zu einem gemeinen Grinsen hoch. Ungefähr so wie die Schlange Kaa aus dem Dschungelbuch, bevor sie jemanden hypnotisiert. Mia rückte automatisch ein Stückchen näher an Line heran.

Frau Müller stand auf und ging auf die Mädchen zu. Es dauerte eine

BLÖDE NUSS!

Weile, bis sie anfing zu sprechen. „Also erst mal danke, ihr beiden, für euren Mut, den Anfang zu wagen!"

Ach herrje, das klang gar nicht gut.

„Line, mit dir fange ich an. Vielen Dank, dass du mitgemacht hast. Ich bewundere auch deine Begeisterung. Ich habe allerdings den Eindruck, dass Percussion vielleicht doch nicht ganz so dein Bereich ist. Spielst du noch ein anderes Instrument?"

Line ließ den Kopf sinken. „Nein, ich spiele sonst kein Instrument."

„Ich würde mich sehr freuen, wenn du Lust hättest, ins Organisationsteam der Band einzusteigen. Da können wir jemanden mit deiner guten Laune gebrauchen!"

Greta lachte höhnisch. Frau Müller warf ihr einen tadelnden Blick zu, dann strahlte sie Line an.

Line ließ Greta nicht aus den Augen. „Nee, da wird es bestimmt noch genügend andere geben, die das gerne machen wollen. Ich sitze dann beim Konzert einfach im Publikum."

„Schade, Line, aber ich verstehe dich. Wenn du im Publikum sitzt, hast du bestimmt Lust, deine Freundin anzufeuern. Mia, dein Talent ist enorm! Du könntest ein großer Fang für unsere Band sein. Aber ich muss erst noch die anderen Gitarren hören, bevor ich die Plätze endgültig vergebe und ihr heute alle noch mal gemeinsam als Band spielt. Dann weiß ich, wie ihr zusammen klingt."

In Mias Bauch stritten sich Freude und Enttäuschung. Enormes Talent … Mias Blick wanderte von ihrer begeistert strahlenden Musiklehrerin und den klatschenden Mitschülern zu ihrer Freundin, die aussah, als hätte man ihr etwas Schweres an die Schläfe geworfen. Plötzlich hob Line den Kopf, schnappte sich ihre Tasche und schenkte Mia einen Mach-dir-keine-Sorgen-Blick.

„Okay, also euch allen noch viel Glück und viel Spaß, ich fahre jetzt nach Hause."

Frau Müller ging auf Line zu und legte ihr eine Hand auf die Schulter. „Überleg es dir doch noch mal mit dem Orgateam, ja?"

„Okay", sagte Line, aber Mia spürte, dass sie nur in Ruhe gelassen werden wollte. Line atmete tief durch, schlurfte zur Tür und schloss sie leise hinter sich. Mist. Was sollte Mia jetzt tun? Ihr erster Impuls war, ihrer Freundin hinterherzulaufen. Bestimmt fühlte die sich gerade richtig mies. Andererseits hatte Line doch so sehr gewollt, dass Mia zur Schulband gehörte.

Frau Müller setzte sich wieder auf ihren Stuhl. „So, nun wollen wir die anderen Teams hören! Wer möchte als Nächstes?" Mia stand noch immer unentschlossen vorn. „Willst du dich nicht setzen?", fragte Frau Müller sanft, aber bestimmt.

Möchtest du, dass Mia Line hinterherläuft, obwohl Frau Müller erwartet, dass sie im Raum bleibt? Dann lies weiter auf S. 35.

Oder findest du, dass Mia im Vertrauen darauf, dass Line sie schon versteht, im Raum bleiben und später mit ihrer Freundin sprechen sollte? Gehe zu S. 52.

Ausgeträumt?

„Du willst doch den anderen die gleiche Aufmerksamkeit schenken wie sie dir, oder?", setzte Frau Müller nach, als Mia sich nicht rührte. Es klang eher enttäuscht als streng.

„Eigentlich schon, aber … Sorry, also, ich möchte gerne nachsehen, wie es Line geht", stotterte Mia und hastete zur Tür. Ihr entging nicht, dass Frau Müller alles andere als einverstanden war, aber das war ihr jetzt egal. Line hatte so geknickt ausgesehen. Mia lief über den Gang zum Hauptportal, weil sie vermutete, ihre Freundin auf den Stufen in der Nähe des Sportplatzes zu treffen. Da saßen sie gerne zu zweit, chillten, sonnten sich und quatschten miteinander. Und tatsächlich, Line hatte sich dorthin zurückgezogen, den Blick zum Sportplatz gewandt, auf dem sich gerade niemand befand außer einer verloren wirkenden Gruppe Vögel.

Mia legte Line behutsam den Arm um die Schultern.

„Hä? Wie jetzt? Warum bist du nicht bei der Band?", fragte Line mit hochgezogenen Brauen. Doch dann entspannte sich ihr Gesicht und ein kleines Lächeln erschien. Mia sah, dass Lines Augen rötlich geschwollen waren.

„Hast du geweint?"

Line seufzte. „Ja, bescheuert, oder?"

Mia streichelte ihren Rücken. „Weil du nicht in der Band bist? Tut mir echt leid."

„Nee. Obwohl, doch, aber eigentlich ärgere ich mich über Feli. Wozu hat man eine große Schwester, wenn die einem nur Ärger macht?"

„Habt ihr euch gestritten?", erkundigte Mia sich vorsichtig.

„Ja, das auch. Sie hatte mal wieder eine Menge Sprüche drauf, und irgendwie stimmt es ja auch. Ich hab gar kein richtiges Hobby, so wie sie. Oder du. Ich bin nicht sportlich, und …" Line hielt inne und ihre Schultern sackten noch ein Stückchen tiefer, „musikalisch auch nicht."

Mia suchte nach den richtigen Worten, doch Line hatte noch mehr auf dem Herzen.

„Erst wollte ich nur mit zum Vorspiel, um dir beizustehen. Aber jetzt wollte ich auch wirklich dabei sein, um meiner Schwester zu beweisen, dass ich auch etwas richtig gut kann." Eine dicke Träne kullerte über Lines Wange. Mia nahm ihre Freundin in die Arme.

„Du kannst doch so viele Dinge gut! Und weißt du, was du am allerbesten kannst? Die weltbeste Freundin sein. Und das ist doch nicht selbstverständlich! Außerdem bist du sehr mutig, machst den Menschen um dich herum gute Laune und kannst super zuhören."

Line strich sich die Tränen aus dem Gesicht und lächelte. Erst sagte sie nichts, drückte ihre Freundin nur ganz fest. „Danke", hauchte sie.

FREUNDINNEN

Gerade trabte die Sport-AG aufs Spielfeld. Mia und Line saßen nebeneinander in der Sonne, genossen gedankenverloren eine erfrischende Brise auf ihren Gesichtern und schauten den Fußballjungs und -mädchen zu, die gar kein schlechtes

Spiel machten. Irgendwie tat es gut, einfach nur dazusitzen. Als die Sportler nach einer Weile eine kurze Besprechungspause machten, stand Mia auf und zog Line mit hoch.

„Lass uns wieder reingehen, okay? Ich will unbedingt mit Frau Müller sprechen." Mia spürte, wie sich ein Kloß in ihrem Hals bildete.

„Du durftest weg, weil du schon fertig warst, oder?" Line studierte das Gesicht ihrer Freundin. „Du bist doch nicht etwa einfach so abgehauen, oder?"

„Einfach so nicht, aber ich wollte dir eben schnell hinterher und da hab ich Frau Müller mehr oder weniger stehen lassen. Ich wollte das nicht lang und breit erklären. Hab doch gemerkt, dass es dir nicht gut geht."

Line versuchte, einen strengen Blick aufzusetzen, aber es gelang ihr nicht. „Ich komme natürlich mit", sagte sie entschlossen.

Sie mussten nicht bis zum Musikraum gehen, Frau Müller kam ihnen bereits auf dem Flur entgegen. Es war nicht zu übersehen, dass sie ganz schön angefressen war. Line drückte Mias Hand.

„Frau Müller, es tut mir leid, aber ich wollte so schnell wie möglich zu Line."

Ihre Musiklehrerin hatte die Stirn in Falten gelegt. „Das verstehe ich. Einerseits. Andererseits hatte ich gehofft, dass du nach ein paar Minuten zurückkommst. Du wusstest doch, dass die Plätze in der Band begrenzt sind!"

In diesem Moment ging Mats mit fragendem Blick an ihnen vorbei und verschwand auf der Jungstoilette.

„Also Mia, leider ist es so, dass auch noch andere talentierte Gitarristen dabei waren. Das ist auch beim ersten Band-Zusammenspiel deutlich geworden, bei dem du gefehlt hast. Es tut mir leid, aber jetzt haben schon alle Musiker ihren Platz zugeteilt bekommen."

Mia schluckte. Frau Müller sah sie mitleidig an.

„Wenn du trotzdem in die Band möchtest, würde ich mich freuen, wenn du ins Orgateam kommst. Bisher hat sich dafür nämlich niemand gefunden."

Mia spürte einen fiesen Stich im Bauch. Line wollte ihre Freundin verteidigen, doch Mia hielt sie mit einem deutlichen Blick davon ab. Es war bekannt, dass Frau Müller sehr begeisterungsfähig war, manchmal auch hart, aber fair. Und irgendwie hatte sie ja auch recht.

„Ich würde gerne noch dazugehören", erklärte Mia enttäuscht.

„Das freut mich wirklich sehr. Zur Erinnerung, wir proben immer mittwochs von 15 bis 17 Uhr. Nächste Woche zähle ich auf dich." Frau Müller klang schon wieder viel freundlicher.

„Ist gut." Mia machte Line ein Zeichen, ihr zu folgen. Im Musikraum waren noch die meisten Schüler vom Vorspielen versammelt. Mia packte ihre Noten ein, schnappte sich ihre

Gitarre und ging hinaus. Sie wollte sich so schnell wie möglich aus Gretas Umkreis entfernen, denn deren selbstverliebtes Grinsen war unerträglich. An den Fahrradständern brach es aus Line heraus.

„Ich finde das einfach ungerecht! Du stehst mir bei, weil ich nicht in die Band komme, und jetzt fliegst du selbst raus!"

„Ich bin doch noch dabei. Und Mats kann ich so auch weiter sehen." Mia schoss ein Bild in den Kopf. Sie stand mit Mats vorne auf der Bühne und er sang gefühlvoll zu ihrer Gitarrenimprovisation. Natürlich war sie bitter enttäuscht, aber das wollte sie sich nicht anmerken lassen. Line würde es sich nicht verzeihen. Also riss Mia sich zusammen.

„Und wer weiß, vielleicht komme ich ja doch noch zu meinem Auftritt, eines Tages."

„Hoffentlich!" Line schwang sich bedrückt auf ihr Fahrrad. Mia folgte ihr nachdenklich.

Während der nächsten Wochen bemühte sich Mia, immer pünktlich zu den Proben zu kommen und alles zu geben, auch wenn sie nicht die Rolle übernehmen konnte, die sie sich gewünscht hatte. Greta hatte meistens nichts Besseres zu tun, als ihr zu zeigen, wie gut sie sich mit Mats verstand und was für ein tolles Team sie und er doch waren. Mia war sich nicht sicher, ob Mats das auch so empfand. Er war freundlich zu Greta, aber das war er den anderen gegenüber auch. Vielleicht wollte sie auch nur nicht sehen, dass Greta nun die Chance bekam, die sie sich selbst verscherzt hatte. Sie war zwar in seiner Nähe, aber ihre Aufgabe bestand darin, Mikrofone zu beschaffen und für ausreichend Notenständer zu sorgen. Allerdings durfte sie auch die Auswahl der Lieder mitbestimmen. Das machte Mia am meisten Spaß, auch wenn Greta überhaupt nicht damit einverstanden war. Sie hatte an jedem Song, den Mia vorschlug, etwas auszusetzen und benahm sich überhaupt wie eine Diva. Damit war sie allerdings bei Frau Müller an der falschen Adresse. Die ignorierte Gretas Getue nämlich einfach, forderte sie auf, sich doch bitte auf ihr Gitarrenspiel zu konzentrieren und den Liedern eine Chance zu geben.

Mia hatte immer ihre Gitarre dabei. In den Probenpausen und zu Hause übte sie alle Stücke, die die Band spielte. Die Gruppe wuchs immer mehr zusammen und hatte ihren ganz eigenen Sound. Wie sich herausstellte, klangen Keyboard, Gitarren, Bass, Geige, Saxofon und Schlagzeug richtig genial zusammen. Wenn dann auch noch Mats mit seiner tollen Stimme einsetzte, lief es Mia prickelnd über den Rücken. Er stellte all die anderen Sänger und Sängerinnen in den Schatten.

Nach ein paar Monaten klang es so, als würde die Band schon viel länger bestehen. Das lag auch daran, dass Frau Müller alles aus ihnen herausholte. Sie wiederholte einzelne Stellen, die noch nicht saßen, bis keiner sie mehr hören konnte, aber sie ließ auch genügend Raum für Kreativität und Ideen.

Drei Wochen vor dem Halbjahreswechsel baute sie sich nach einer Probe vor den Schülern auf. „Also, was ich vermutet hatte, kann ich euch jetzt verkünden." Auf einen Schlag hatte sie die gesamte Aufmerksamkeit. „Ihr seid so weit!" Frau Müller strahlte.

„Was bedeutet das?", fragte Luisa unsicher.

„Ihr seid bereit, aufzutreten. Ich habe schon mit Frau Fährle gesprochen. Ihr wisst ja, die Rektorin ist immer für Auftritte jeglicher Art zu haben. Wir können den Tag vor der Übergabe der Halbjahreszeugnisse nutzen, denn da gibt es sowieso eine Zusammenkunft in der Aula."

Die Bandmitglieder begannen zu tuscheln. Greta verließ augenblicklich den Musikraum. „Ich muss mal eben zum Klo", murmelte sie. Ihr Gesicht war weiß wie die Wand. Ach nee, dachte Mia. Die ganze Zeit auftrumpfen und es dann, wenn es ernst wird, plötzlich mit der Angst zu tun kriegen. Das konnte ja wohl nicht wahr sein.

Am Abend erzählte sie Line alles über Greta, den Auftritt und natürlich über Mats. Seit Beginn der Proben war das zu einer schönen Gewohnheit der beiden geworden.

„Und stell dir vor, dann ist sie einfach weggerannt. Ein Gespenst hätte auch nicht blasser sein können."

„Typisch!", rief Line ins Handy. „Ich bin mal gespannt, wie das dann erst beim Konzert wird."

Vor dem Einschlafen schickte Mia
ihrer Freundin noch eine Nachricht.

Vielleicht träume ich heute
wieder von Mats. Manchmal
stelle ich mir vor, wie er
mich in den Schlaf singt.

Lines Antwort kam prompt.

Als wenn ich das nicht wüsste! Schlaf schön, ob
mit oder ohne Gesang. Bis morgen!

Je näher der Auftritt rückte, desto angespannter wurde die
Stimmung in den Proben. Selbst Luisa, die sonst nicht so
leicht aus der Ruhe zu bringen war, tutete hier und da in
ihren Soli daneben. Frau Müller schob immer wieder ent-
spannende Atemübungen ein, um das Lampenfieber zu be-
kämpfen. Greta tat so, als fände sie das albern, machte aber
konzentriert, fast verzweifelt mit.
Die Generalprobe am Tag vor dem Konzert lief wie geschmiert. Mats sang mit dem Background-Chor um die
Wette, Emil am Schlagzeug hatte sogar Zeit, in den Off-Beats
seine Sticks in die Luft zu werfen und wieder aufzufangen,
von Luisa war kein einziger Fehler zu hören und sogar Greta
wirkte wieder ruhiger.

„Also, ihr Lieben, das war wunderbar!", rief Frau Müller und klatschte in die Hände. „Eigentlich ist es zwar so, dass während der Generalprobe einiges schiefgehen darf, weil das Glück für den Auftritt bringt, aber ihr seid so gut, dass ihr das nicht braucht. Ich freue mich auf morgen! Denkt dran, ihr seid von der letzten Stunde vor dem Auftritt befreit, in der Zeit finden wir uns hier ein und singen und spielen uns warm. Bis morgen!" Frau Müller steckte schwungvoll ihre Noten unter den Arm, während Greta wie in Zeitlupe ihre Gitarre in die Tasche stopfte. Mia und Mats verließen gleichzeitig den Raum.

„Hey Mia, ich wollte dir die ganze Zeit schon gesagt haben, dass du echt genial Gitarre spielst."

Mia spürte, wie ihr Herz puckerte und ihr das Blut in die Wangen schoss. „Oh", war alles, was sie rausbrachte.

„Ich hab dir ein paar Mal zugehört, als du unsere Stücke geübt hast. Schade, dass du nicht mitspielst." Er warf ihr einen Blick aus seinen blaugrünen Augen zu, der Mia sofort weiche Knie bescherte.

„Danke, lieb von dir", murmelte sie, dann musste sie sich stark darauf konzentrieren, nicht über ihre Puddingbeine zu stolpern.

Line wartete vor dem Haupteingang und legte grinsend den Kopf zur Seite, als sie Mia und Mats gemeinsam heraustreten sah.

„Bis morgen dann!", rief Mats und schlenderte zum Fahrradständer.

Line stieß Mia liebevoll in die Seite. „So ist das also! Und wann wolltest du es mir erzählen?"

„Was erzählen?"

„Na, dass ihr euch jetzt näherkommt." Wieder spürte Mia, dass sie rot wurde. „Wir kommen uns ja gar nicht näher. Ein bisschen vielleicht. Aber das war eigentlich das erste Mal. Mats hat mir gesagt, dass er mein Gitarrenspiel mag."

„Aha! Na also!", rief Line und kicherte.

Am Abend konnte Mia einfach nicht einschlafen. Zwar würde sie am nächsten Tag nicht vor der ganzen Schule spielen müssen, aber sie war mit dafür verantwortlich, dass alles so lief, wie es sollte. Außerdem würde sie morgen Mats wiedersehen. Sie hatte sich bisher immer darauf gefreut, aber seit heute löste allein der Gedanke an ihn ein Kribbeln in ihr aus, als wäre sie an eine Steckdose angeschlossen. Mia ging wieder und wieder die Stücke durch, die morgen auf dem Programm standen, bis ihr endlich irgendwann die Lider schwer wurden.

Als sich die Band am nächsten Morgen nach zwei quälenden Schulstunden endlich im Musikraum einfand, herrschte ein Durcheinander wie in einem Bienenstock. Die Sänger summten vor sich hin, um ihre Stimmen aufzuwärmen. Frau Müller versuchte, ganz viel Ruhe auszustrahlen, konnte aber nicht verbergen, dass auch sie angespannt war.

„Macht euch keine Sorgen, es wird alles klappen. Ihr seid eine tolle Band geworden, die klasse aufeinander achtet. Eure Mitschüler können sich sicher vorstellen, dass es etwas ganz Besonderes ist, zum ersten Mal gemeinsam dort auf der Bühne zu stehen, deshalb werdet ihr das beste Publikum überhaupt haben, denke ich."

Es brach Gemurmel aus, doch Frau Müller bat um Ruhe. „Lasst uns noch ein Mal den ersten Song spielen und dann zusammen zur Aula gehen."

Mia hatte sich dafür eingesetzt, dass das erste Lied *Adventure of a lifetime* von Coldplay war. Erstens, weil sie es irgendwie vom Text her passend fand, zweitens, weil sie das coole Affenvideo dazu liebte, und drittens, weil Mats mindestens so gut sang wie Chris Martin, der Frontmann von Coldplay. Sie bekam eine Gänsehaut, als Mats jetzt mit seinem Gesang einsetzte. Wie schon in der Generalprobe gestern lief alles

wie geschmiert und die Stimmung war auf einmal gelöst. Auch bei Frau Müller. „Also, schnappt euch eure Instrumente, und dann geht es los!"

Mia überlegte nicht lange und griff ebenfalls zu ihrer Gitarre. Vielleicht konnte sie den anderen als Glücksbringer dienen.

In der Aula trudelten gerade die ersten Schüler ein, als die Bandmitglieder sich hinter der Bühne einfanden. Erst sollte es noch eine kleine Ansprache und verschiedene Bekanntmachungen der Rektorin geben. Mia fiel Mats ins Auge, der in sich hineinlächelte. Sie sah zu Greta, die unruhig auf ihrer Lippe herumkaute. Dann endlich war es so weit und die Band betrat unter tosendem Beifall die Bühne. Mia half, die Mikros so aufzubauen, dass nicht nur die Sänger, sondern auch alle Musiker gut zu hören waren. Sie checkte noch ein letztes Mal, ob Nikos Bassverstärker richtig eingestellt war, und erntete ein charmantes Lächeln von ihm. Dann zog sie sich zurück an den seitlichen Bühnenrand, sodass sie vom Publikum nicht zu sehen war, aber selbst einen guten Blick auf die Band hatte. Auf der gegenüberliegenden Seite hatte Frau Müller Platz genommen.

Als die ersten Akkorde ertönten, schloss Mia die Augen und atmete tief durch. Hier in der Aula klang alles noch mal so viel toller als im Musikraum. Sie wippte mit dem Fuß im Takt, bis Mats mit seinem Gesang einsetzte. Von diesem Moment an konnte Mia den Blick nicht mehr von ihm wenden. Doch ausgerechnet als er mit dem Refrain begann, kam Greta aus dem Takt. Sie starrte auf ihre Hände und versuchte krampfhaft, wieder in das Stück hineinzukommen. Es war deutlich zu hören, dass die Leadgitarre wegfiel, aber Mats ließ sich zum Glück nicht beirren und übernahm nun ganz allein die Melodiestimme. Als Mia gerade das Gefühl hatte, dass es Greta gelungen war, ins Stück zurückzufinden, löste sich eine Gitarrensaite und stand wie eine Antenne nach oben. Greta unterbrach ihr Spiel und starrte ins Publikum. Dann sprang sie auf und lief schreckensbleich von der Bühne. Auch Mats wirkte nun irritiert. Er sang zwar weiter, aber seine Stimme wurde unsicher. Frau Müller war mindestens so blass wie Greta.

Mias Herz hämmerte. Sie überlegte nicht lange, packte mit sicherem Griff ihre Gitarre aus und schritt auf die Bühne, als wäre es genau so abgesprochen. Nach ein paar leisen Akkorden fand sie den Einstieg ins Lied. Erst als Mats mit voller Stimme und einem dankbaren Lächeln in ihre Richtung weitersang, wurde ihr plötzlich klar, dass über zweihundert Augenpaare sie beobachteten. Eines davon war Lines. Sie saß in der ersten Reihe, strahlte Mia an und ballte ihre Faust wie nach einem gewonnenen Fußballmatch. Das gab Mia einen echten Kick. Sie konzentrierte sich voll und ganz auf die folgenden Stücke und war mehr als dankbar, dass sie alle mitgeprobt hatte und ihre Gitarre gut gestimmt war. Mats zwinkerte ihr immer wieder zu und hatte ganze Strophen lang den Blick nur auf sie gerichtet.

Als der letzte Song verklungen war, stürmte Frau Müller auf die Bühne, gefolgt von Frau Fährle, der Rektorin, die ihre Hand über die Band schweifen ließ und sich ein Mikro nahm.

„Einen tosenden Applaus für diesen ersten, fulminanten Auftritt!" Ihre Worte gingen im Applaus unter.

Frau Müller kam auf Mia zu und legte ihr eine Hand auf die Schulter. „Wow!", war alles, was sie sagte, aber ihr glücklicher Gesichtsausdruck war mehr wert als tausend Worte.

Nun wurde Mia von den anderen Bandmitgliedern umringt. „Mann, wie genial, dass du einfach so eingesprungen bist! Der Hammer!", rief Luisa.

Line kletterte auf die Bühne und drückte ihre Freundin fest an sich. „Du bist mein Superstar!", flüsterte sie ihr ins Ohr.

„Danke", hauchte Mia gerührt. Die ersten Schüler verließen die Aula und es wurde langsam ruhiger. Mia hielt Ausschau nach Greta. Wo sie wohl steckte? Da trat Mats, der sich bisher im Hintergrund gehalten hatte, entschlossen auf Mia zu. Line grinste und sprang von der Bühne.

„Hey", sagte er und seine Stimme klang noch wundervoller als sonst. Wenn das überhaupt möglich war. „Du hast mich gerettet, uns alle. Du warst einfach nur klasse." Er stand so nah vor Mia, dass sie wieder den Geruch von frischem, sonnengewärmtem Holz wahrnahm. Sie ging noch einen Schritt näher an ihn heran und umarmte Mats. Dabei berührte ihr Gesicht seinen warmen Hals. Im nächsten Moment wurde ihr bewusst, was sie da gerade tat. Rasch löste sie sich wieder von ihm. Mats wirkte kein bisschen peinlich berührt, im Gegenteil.

„Wollen wir uns mal treffen, ich meine, auch außerhalb der Bandproben?", fragte er.

„Ja!", entfuhr es ihr viel zu laut und eine große, prickelige Ladung Glück tanzte durch ihren Körper.

Wenn Mia noch heute früh jemand erzählt hätte, wie dieser Tag verlaufen würde, sie hätte es nie im Leben geglaubt.

Ende

Solo für Mia

Mias Beine fühlten sich schwer an, so unangenehm war es ihr, sich wieder zu setzen, als wäre nichts gewesen. Sie rief sich Lines Zuspruch ins Gedächtnis. Sicher würde sie verstehen, dass Mia nicht gleich die erste große Probe verpassen wollte, schon gar nicht, wo sie doch jetzt eine gute Chance hatte, Bandmitglied zu werden.

Mia konzentrierte sich auf die anderen, die nach und nach vorspielten. Als Letzte waren die Keyboarder an der Reihe. Es wurde nur einer für die Band gebraucht, aber die Auswahl fiel nicht besonders schwer. Ein Mädchen mit hüftlangen blonden Haaren setzte sich gegen Marko aus Mias Klasse durch, der sich ständig verspielte und dabei heftig fluchte.

Bass, Geige, Saxofon, Schlagzeug, Keyboard und natürlich Gitarre hatten nun vorgespielt. Auch Greta hatte die anderen begeistert.

Frau Müller erhob sich. „Ich freue mich, dass sich dieses Jahr eine solch spannende Truppe gefunden hat. Jetzt gibt es nur noch eine letzte Runde und dann sind wir für heute fertig."

Mia hob die Augenbrauen. Wer sollte denn jetzt noch vorspielen? Hatte sie etwas verpasst?

„Wir müssen noch entscheiden, wer von euch beiden die Leadgitarre spielt, Mia und Greta. Ihr seid beide recht stark, deshalb möchte ich, dass ihr noch mal gegeneinander antretet."

„Wow, ein Battle, cool", murmelte Luisa. Greta verschränkte die Arme, Mia zog die Nase kraus.

Frau Müller räusperte sich. „Ich habe mich da eben etwas unglücklich ausgedrückt. Also, in einer Band tritt natürlich niemand gegen den anderen an, es geht mir hier nur darum, wie ihr am besten miteinander spielen könnt. Meiner Erfahrung nach tut es der Band gut, einen Leadgitarristen zu haben, der den Überblick behält. Ich möchte gerne, dass ihr ein Stück von den Beatles spielt, da kennt ihr bestimmt einiges aus eurem Gitarrenunterricht, oder? Wie wäre es zum Beispiel mit *Yesterday*? Ihr könnt es interpretieren, wie ihr wollt. Wir hören euch einfach direkt hintereinander an, ich bekomme auf diese Weise einen guten Eindruck. Seid ihr einverstanden?"

Nun ja, es blieb ihnen wohl nicht viel anderes übrig. Mia versuchte sich zu sammeln, aber das war Greta anscheinend schneller gelungen. „Ich fange an", sagte sie mit fester Stimme.

Sollte sie doch, dachte Mia, vielleicht gab es einiges, was sie nach Gretas Version besser machen konnte. Greta warf ihr noch einen ihrer fiesen Blicke zu, dann legte sie los. Mia musste zugeben, dass sie richtig gut war. Sie veränderte das Stück zwar so sehr, dass man es kaum noch erkennen konnte, aber wenn etwas klar wurde, dann dass sie wirklich Gitarre spielen konnte. In Mias Kopf hüpften die Gedanken wie in einem Flohzirkus hin und her. Wie sollte sie da noch eine Schippe drauflegen?

Greta war schneller fertig, als es Mia lieb war. „So, und jetzt du!", sagte Frau Müller in den Beifall hinein und nickte ihr freundlich zu.

Mia verließ sich auf ihre Finger. Sie hatte das Stück schon oft gespielt, und obwohl es uralt war, gefiel es ihr sehr. Sie veränderte nicht viel an der Melodie, im Gegenteil, sie gab sich dem Song so hin, wie sie ihn kannte, und baute nur hier und da ein paar kleine, feine Schnörkel ein. Als sie fertig war, blickte sie auf. Frau Müller und die anderen klatschten begeistert, dann hefteten sich alle Blicke auf ihre Musiklehrerin.

„Danke, ihr beide spielt wirklich klasse. Da haben wir großes Glück, euch in der Band zu haben! Als Leadgitarristin eignet sich Mia wunderbar. Sie ist voll und ganz bei der Melodie geblieben, war die ganze Zeit mit dem Stück in Kontakt, aber trotzdem auch mit sich selbst. Perfekt! Das kann sich natürlich auch im Laufe der Proben noch mal anders entwickeln, dann stellen wir um, aber so wie ich es jetzt sehe, Greta, glaube ich, dass du Mia super unterstützen und zuspielen kannst. Ich bin gespannt!"

Greta verschränkte die Arme. „Ich auch", zischte sie. Wenn Blicke wirklich töten könnten, hätte Mias Stündlein augenblicklich geschlagen. Zum Glück wurde sie vom Casting der Sänger ganz und gar von Greta abgelenkt, insbesondere durch Mats, der zum Dahinschmelzen sang und natürlich aufgenommen wurde.

Frau Müller war bester Laune, nachdem sie die Band komplett neu besetzt hatte.

„Ihr Lieben, nächste Woche kommt die erste richtige Probe. Ich freue mich schon. Bis dann!"

Greta ließ augenblicklich wieder ihren tödlichen Blick zu Mia schweifen. Die war sich nicht sicher, ob sie unter diesen Umständen wirklich Freude in der Band haben würde. Doch zuallererst hatte sie andere Sorgen. Sie hastete zu ihrer Gitarrentasche und verstaute ihr Instrument zwar vorsichtig, aber so schnell wie möglich, eilte den Gang entlang in Richtung Hauptausgang und suchte den gesamten Schulhof ab. Doch von Line keine Spur. Irgendwie hatte Mia gehofft, dass ihre Freundin gewartet hatte und sie sofort hätten reden können. Mia schwang sich auf ihr Fahrrad und radelte schnurstracks zu Line nach Hause. Die saß im Garten auf der Hollywoodschaukel und winkte ihr freudig zu. Mias Anspannung wich auf einen Schlag.

„Hey, wie läuft es mit der Gitarren-karriere?" Line hielt ein großes Glas Limonade in der Hand und hatte ihre Füße auf einen kleinen Holzhocker gelegt.

„Mann, ich hatte schon befürchtet, dass du sauer bist. Ich bin so froh, dass du dir eine schöne Zeit machst!", rief Mia überrascht.

Line klopfte auf den lee-ren Platz neben sich. „Ach, weißt du, ich war auch erst total

TROSTLIMO...

enttäuscht, vor allem, weil mein Tag bis dahin sowieso schon megablöd war. Ich hatte mich mit meiner Schwester gestrit-ten, und dann auch noch Frau Müller. Erst war ich noch eine Weile auf dem Schulhof, um auf dich zu warten. Dann hat es auch noch angefangen zu regnen, aber die Sonne blieb trotz-dem. Direkt über dem Schulhof gab es einen Regenbogen. Da dachte ich, dass doch eigentlich alles gut ist. Und ich hab mich einfach für dich gefreut und es mir bei dem herrlichen Wetter eben im Garten gemütlich gemacht."

Line strahlte und Mia bewunderte ihre Freundin einmal

HELLO

mehr. Sie kannte niemanden, der so fröhlich, so wenig nach-
tragend und so cool war wie ihre Line. Sie saßen noch zwei
Stunden auf der Hollywoodschaukel, taten so, als wären sie
im Urlaub, und tranken Limonade. Mia blieb bis zum Abend-
essen bei Line, und als sie später am Abend im Bett lag, hatte
sie den Eindruck, dass dieser Tag so lang wie drei gewesen
war.

Vor der nächsten Probe war Mia noch aufgeregter, als sie es vor dem Casting gewesen war.

Frau Müller war bester Laune. „Wer hat denn einen Vorschlag, was wir in unser Repertoire aufnehmen sollten? Ein Lied, bei dem alle Instrumente glänzen können und auch die Sänger auf ihre Kosten kommen, wäre prima."

Mia hob die Hand. „Ich finde, dass *Waiting on the world to change* von John Mayer gut wäre", schlug sie mutig vor. Line hatte sie den ganzen Vormittag über darin bestärkt, sich einzubringen und Greta einfach links liegen zu lassen. Das war allerdings schwerer als gedacht, denn kaum hatte Mia ausgesprochen, fing die fies an zu kichern.

„Wirklich, Mia? So ein Country-Quatsch? Wer will das denn hören?"

„Ich kenne das Lied gar nicht, glaube ich", meldete sich Luisa zu Wort.

Frau Müller hielt dagegen. „Vielleicht kennst du es ja doch. Ich schlage vor, dass du es uns einfach mal vorspielst, Mia. Und alle anderen, die meinen, dass man sich Vorschlägen gegenüber respektlos verhalten sollte, können auch gerne auf den Flur gehen." Frau Müller sah dabei Greta scharf an. Die ging natürlich nicht raus, ließ es sich aber nicht nehmen, trotzig dreinzuschauen.

Mia rückte ihre Gitarre zurecht. Ihr Herz raste. Alle Blicke waren auf sie gerichtet. Auch Mats' Augen, die heute vor allem grün schimmerten, sahen zu ihr. Mia besann sich kurz, stellte sich Line vor, wie sie einen Lachkrampf hatte, weil ihr die Limonade in die Nase gestiegen war, und legte mit einem kleinen Lächeln los. Sie schaute dabei konzentriert auf das Bild eines Orchesters auf der gegenüberliegenden Wand, so musste sie niemanden direkt ansehen. Sie spielte ganz leicht und locker. Und wie selbstverständlich begann sie nach wenigen Akkorden zu singen, wahrscheinlich weil sie das Lied auch zu Hause oft genauso geübt hatte. Wenn Mia Musik machte, verlor sie sich manchmal in ihrer eigenen Welt. Als sie jetzt aus dieser Welt wieder auftauchte, blickte sie in überraschte Gesichter. Dann brachen Frau Müller und die anderen in Beifall aus. Bis auf Greta.

★   „Das kenne ich doch!", rief Luisa begeistert.

★   „Also, Mia, ich bin jetzt überrascht und wundere mich, warum du dich nicht auch bei den Sängern beworben hast! Das klang ganz fantastisch, und ich finde, der Song eignet sich auch wirklich gut."

Mia hatte eine wohlige kleine Gänsehaut vor Glück. Leider hielt dieses Gefühl nicht lange an. Denn auch wenn Greta das Lied und Mia noch so blöd fand, ihr blieb nichts anderes übrig, als mitzumachen. Wann immer Frau Müller allerdings nicht in der Nähe war oder nicht hinschaute, machte sie schlechte Stimmung, und sei es nur dadurch, dass sie den anderen genervte Blicke zuwarf, wenn die es mit dem Lied einen Moment lang schwer hatten. Das wäre aber auch mit jedem anderen Song so gewesen, denn natürlich musste man üben und erst einmal ins gemeinsame Spiel als Band hineinfinden. Nach einer Stunde gab es eine kleine Pause und Mia verschwand aufs Klo. Von dort aus berichtete sie umgehend Line von der Stimmung bei der Probe.

Lass dich von der nicht aus der Ruhe bringen. Die kann es doch nur nicht aushalten, dass du Leadgitarristin bist und sie nicht. Egal, was du tust, sie wird es schlechtmachen, also tu einfach, wozu du Lust hast. Melde dich nachher noch mal, ja?

schrieb Line zurück, gefolgt von einem Knutsche-Lachgesicht.
Mia fasste wieder Mut. Der allerdings sank, als sie sich dem Musikraum näherte. In einer kleinen Nische auf dem Gang hörte sie Greta ablästern. Mia näherte sich vorsichtig und lauschte.
„Ich hab schon beim Vorspiel nicht verstanden, warum gerade sie die erste Gitarre sein soll. Und dann dieser Auftritt

SCHNIEF

heute. Da singt die einfach, obwohl sie nur spielen soll! Die will sich doch mit aller Macht in den Vordergrund drängen."

Mia konnte kaum glauben, was sie da hörte. Mühsam versuchte sie, eine Wutträne wegzublinzeln, die sich frech über ihre Wange schleichen wollte. Plötzlich verstummte Greta und trat aus der Nische hervor – gefolgt von Mats. Er zuckte zusammen, als er Mia sah, Greta gab sich unbeeindruckt. Mats hatte zwar nichts gesagt, er hatte Greta nicht zugestimmt, das Schlimme war aber, dass er auch nichts dagegen gesagt hatte. Mia hatte einen brennenden, schweren Kloß im Hals und fühlte sich den Rest der Probe über wie betäubt.

Um zu erfahren, wie es mit Mia und der Band weitergeht, blättere zu S. 62.

Auch in den nächsten Wochen änderte sich an der Situation bei den Proben nichts, im Gegenteil. Das Musikmachen an sich machte zwar Spaß und Mia war auch erfolgreich, aber natürlich war Greta gerade das ein Dorn im Auge und sie versuchte weiterhin, Mats auf ihre Seite zu ziehen. Mia hatte den Eindruck, dass ihr das auch gelang. Jedenfalls war sie sich nicht sicher, wie Mats über sie dachte, und hielt sich deshalb immer mehr von ihm fern.

Kurz vor dem ersten richtigen Auftritt in der Aula, nach einer Bandbesprechung, war Mia sich dann allerdings sicher, dass Greta es endgültig geschafft hatte.

Frau Müller saß mit der Band im Stuhlkreis. „Also, ich habe noch mal mit Frau Fährle Rücksprache gehalten und wir haben uns über den Umfang unseres Auftritts geeinigt. Wir können fünf Lieder spielen. Vor den Sommerferien kann es dann ein längeres Konzert geben. Wir haben insgesamt sieben Lieder eingeübt, die sich alle gleich gut eignen, deshalb möchte ich gerne mit euch abstimmen, welche davon nächste Woche Teil des Auftritts sein sollen. Fangen wir mit *Waiting on the world to change* an. Wer dafür ist, es mit reinzunehmen, hebe bitte die Hand."

Mats zögerte, doch sein Arm blieb unten, ebenso wie der von Greta. Bei ihr war das keine Überraschung, aber Mats? Anfangs war er von dem Song ganz begeistert gewesen und jetzt hatte er sich derart von Greta beeinflussen lassen? Mia sah ihn bestürzt an. Sie war todunglücklich und daran änderte sich auch nichts, als immer mehr aus der Band für den Song stimmten.

„Das ist die Mehrheit, das Lied steht." Frau Müller warf Mia einen aufmunternden Blick zu.

Für den Rest der Abstimmung war Mia in Gedanken versunken. Sie war drauf und dran, alles hinzuschmeißen.

„Mia, bitte behalte jetzt die Nerven", redete Line am frühen Abend auf Mia ein, als sie neben ihrer Freundin in deren Zimmer auf dem Bett saß. „Die Musik bedeutet dir so viel und du hast wochenlang für den Auftritt geprobt. Lass dir das Ganze nicht von dieser Vollidiotin verderben. Die wird mit ihrem Neid nicht glück-

lich. Und wenn Mats plötzlich keine eigene Meinung mehr hat, dann brauchst du den Typen auch nicht."

Mia seufzte tief. „Ich weiß, Line. Du bist einfach die Beste. Danke, dass du an mich glaubst. Trotzdem bin ich so enttäuscht."

Line strich Mia über den Rücken. „Das wäre ich auch. Aber bitte versprich mir, dass du trotzdem versuchst, das Konzert zu genießen, okay?"

Line war so süß, dass Mia ganz warm ums Herz wurde. „Versprochen."

Am Tag des Auftrittes führte sich Mias Herz bereits nach dem Augenaufschlagen am Morgen auf, als würde es durchdrehen. Aber trotz all der Aufregung freute sich Mia auch. Außerdem setzte sich in ihr ein Gefühl wie „Jetzt erst recht" durch.

Die ersten beiden Schulstunden, die Mia noch im Unterricht absitzen musste, war sie nur körperlich anwesend. Erleichterung machte sich in ihr breit, als der Auftritt in greifbare Nähe rückte. Nach einem kurzen Warmspielen im Musikraum ging die Band hinüber zur Aula und versammelte sich hinter der Bühne. Sie mussten jetzt nur noch die Ansprache der Rektorin Frau Fährle abwarten, bis sie endlich die Bühne stürmen durften.

Line saß in der ersten Reihe, neben ihr einige Mädchen aus der Näh-AG, die sie im letzten Jahr besucht hatte. Sie hielten ein Plakat in die Luft. „Mia rocks!" stand darauf in bunten Buchstaben. Mia konnte sich vorstellen, was Greta für ein Gesicht zog, wenn sie das sah, schaffte es aber, sie komplett

auszublenden. Was konnte schon passieren mit solch genialen Freunden an ihrer Seite?

Und tatsächlich, das Konzert lief bis auf ein paar minimale Patzer, die wahrscheinlich niemand außer Frau Müller und der Band selbst bemerkte, wie geschmiert. Besonders Nevios rockiges Geigenspiel kam beim Publikum super an. Es war beeindruckend, wie sehr sie als Musiker in den letzten Wochen zusammengewachsen waren. Mats sang wie immer hinreißend, allerdings konnte Mia ihn einfach nicht mehr so toll finden wie noch vor einer Weile. Er hatte sie mit seinem Verhalten zu sehr verletzt.

Line und die Mädchen in der ersten Reihe steckten mit ihrer Stimmung das gesamte Publikum an. Während die Akkorde des letzten Liedes noch in der Luft schwebten, rief Line laut: „ZUGABE! ZUGABE!" Und die Menge fiel mit ein.

YEAH!!!!
HEY
Wow!!!!!!!!!!!

Frau Müller nickte Mia zu. Sie und die Band hatten in der letzten Probe besprochen, dass sie als Zugabe Mias Lieblingslied *Waiting on the world to change* spielen wollten, und dass Mia den ersten Teil bis zum Refrain allein spielen und singen durfte. Fast alle hatten sich dafür eingesetzt, nur Greta hatte abschätzig die Augenbrauen hochgezogen.

Mia schob ihren Hocker nach vorn vor ein Mikro

und hob ihre Gitarre. Sie war so aufgeregt wie selten in ihrem Leben. Aber als ihr Blick auf Line fiel, die stolz ein neues kleines Plakat hochhielt, auf dem „Mia, du bist mein Superstar!" stand, musste sie lächeln und ein Teil ihrer Anspannung verflog.

Sie schloss die Augen und spielte die ersten Akkorde, dann begann sie zu singen. Je mehr sie in das Lied abtauchte, desto freier fühlte sie sich. Allmählich setzten auch die anderen Instrumente begleitend ein. Nach den letzten Zeilen, gefolgt von einem leisen Akkord, brach tosender Beifall los. Line und die Mädchen von der Näh-AG standen auf, die anderen in den Reihen dahinter machten es ihnen nach. Mia grinste, denn am liebsten hätte sie den Text am Schluss in *Waiting on Greta to change* geändert, aber das hatte sie sich natürlich nicht getraut. Außerdem konnte sie darauf wohl lange warten.

Mats kam auf Mia zu und rang nach Worten. Im selben Moment erklomm Line die Bühne und fiel ihr um den Hals.

Am Nachmittag feierte Mia ausgelassen mit ihren Freundinnen und der Band. Sie brauchte weder Greta noch Mats, um glücklich zu sein. Was sie brauchte, waren gute Freunde, die sie verstanden, ihre Musik und die Chance, zu zeigen, was sie konnte.

Mia war glücklich wie schon lange nicht mehr. Und sie hatte einen Ohrwurm, den sie so schnell nicht loswerden würde.

Ende

Das Beste, was mir je passiert ist

Mia blickte von Nevio zu Luisa, dabei trat sie unsicher von einem Fuß auf den anderen. Sie wusste zwar, was sie machen wollte, hatte aber noch nicht die richtigen Worte gefunden. Luisa wartete noch einen kurzen Moment, vielleicht in der Hoffnung, dass Nevio oder Mia sie baten, zu bleiben, bevor sie sich umdrehte und mit den Worten „Ich geh dann mal" im Gang verschwand.

Nevio stand noch immer geduldig neben Mia. „Hm … wie wäre es, wenn wir zusammen vorspielen?", fragte Mia vorsichtig. Jetzt, da Luisa nicht mehr dabei war, fiel es ihr viel leichter, ihn anzusprechen.

Nevio strahlte. „Gerne! Ich hab gerade im Geigenunterricht einen neuen Song gelernt, von Silbermond."

„Toll!", antwortete Mia, aber ihre Gedanken drifteten zu Line. Mit wem würde sie nun vorspielen?

„*Du bist das Beste, was mir je passiert ist*!", hauchte Nevio unsicher.

„Wie bitte?" Mia starrte ihn entgeistert an.

„*Du bist das Beste, was mir je passiert ist*. Der Song, von Silbermond, den ich gerade gelernt habe."

„Ach so", rief Mia ein bisschen zu laut, weil sie so erleichtert war. Wenn das eine plötzliche Liebeserklärung von Nevio gewesen wäre, hätte sie echt nicht gewusst, wie sie damit hätte umgehen sollen. „Das ist dieses hier, oder?" Mia summte die Melodie.

„Genau!" Nevios Augen strahlten. „Kannst du das spielen?"

„Ich glaube, das ist kein Problem." Gerade wollte Mia vorschlagen, dass die beiden ihre Instrumente holten und das Stück wenigstens ein Mal kurz übten, da schallte auch schon Frau Müllers Stimme über den Flur: „Wir wollen weitermachen!"

Nevio schien es nicht zu stören, dass sie nun keine Chance zum Proben hatten. Zurück im Musikraum, suchte Mia sofort Lines Blick. Die stand neben Luisa und zuckte kurz mit den Schultern, als sie den Blick auffing. Wahrscheinlich hatten alle anderen schneller als Paar zusammengefunden und so waren nur die beiden übrig geblieben. Luisa zog missmutig die Mundwinkel nach unten.

„Also, wer möchte denn gerne beginnen?", fragte Frau Müller fröhlich. Line nickte Luisa zu und die beiden traten vor, Luisa sehr viel zögerlicher als Line.

„Oh, Tamburin und Saxofon, interessant", murmelte Frau Müller unergründlich. „Line, könntest du dir vorstellen, das Shake-Ei zu spielen? Das kann ich mir zu einem Blasinstrument auch gut vorstellen."

Vielleicht, weil man es dann nicht mehr wirklich hören kann, schoss es Mia durch den Kopf.

„Warum nicht?" Line griff nach dem roten Plastik-Ei und rasselte ein paar Mal damit, um es auszuprobieren. Luisa hatte sich ihr Saxofon umgehängt.

„Seid ihr bereit?"

Die Mädchen nickten. Luisa spielte lässig und ein wenig jazzig. Die beiden hatten sich *Edge of Glory* von Lady Gaga ausgesucht. Line brachte sich mit vollem Körpereinsatz ein, allerdings machte es keinen großen Unterschied, ob sie spielte oder nicht. Man hörte tatsächlich wenig von ihrem Einsatz. Vielleicht war das aber auch gut so. Nach dem letzten Saxofonton und Rassler des ungleichen Paares brandete Applaus auf.

Frau Müller hatte den Kopf zur Seite gelegt und lächelte. „Was soll ich sagen, das war irgendwie ungewöhnlich, aber ihr beide habt mich überzeugt!"

Luisa atmete erleichtert auf, Line konnte ihr Glück kaum fassen. „Yes!", rief sie und strahlte in Mias Richtung. Mia grinste breit. Ihr fiel ein Riesenstein vom Herzen. Jetzt musste sie es nur noch selbst in die Band schaffen.

„Wollen wir als Nächste?", flüsterte sie Nevio zu.

„Okay." Er griff nach seiner Geige.

Die beiden gingen nach vorn und stellten sich nebeneinander. Mia hatte sich ihre Gitarre umgehängt, Nevios Geige klemmte bereits unter seinem Kinn.

„Ah, das nächste Paar, prima!", freute sich Frau Müller. Mia sah, dass Line bei dem Wort „Paar" ein wenig zusammenzuckte und die Stirn runzelte. Frau Müller klatschte in die Hände. „Dann mal los, wir sind sehr gespannt!"

Nevio begann, zärtlich über die Saiten zu streichen, kurz danach setzte Mia ein. Das Lied passte unglaublich gut zu ihren Instrumenten, und obwohl sie überhaupt nicht geübt hatten, spielten sie zusammen, als würden sie es schon eine Ewigkeit tun. Mia lief eine wohlige Gänsehaut über Arme und Rücken. Und auch Frau Müller und die anderen waren ganz aus dem Häuschen.

„Wow, das habt ihr wundervoll gemacht, das hat mich sehr berührt! Ihr seid beide in der Band und werdet sie sicher sehr bereichern!"

Alle freuten sich, nur Line wirkte nicht recht überzeugt. Sie lächelte zwar, hatte aber einen eher wehmütigen Gesichtsausdruck. Mia beobachtete ihre Freundin die gesamte restliche Probe über. Die meiste Zeit sah Line irgendwie niedergeschlagen aus. Mia konnte sich nicht erklären, was los war.

Am Ende des Nachmittags war Frau Müller mehr als zufrieden. „Wir haben dieses Jahr eine spannende, sehr vielversprechende Zusammenstellung für unsere Band gefunden! Ich danke euch, dass ihr alle dabei sein wollt! Bei den nächsten Proben spielen wir uns am besten immer in den Teams warm, die sich heute gefunden haben, es sei denn, ihr wollt noch mal wechseln. Und nach dem Warmspielen wartet unser erstes Stück auf uns. Überlegt euch bitte bis zur nächsten Woche, welches das sein könnte. Ich freue mich!"

Eigentlich freute sich Mia auch. Es war der Hammer gewesen, mit Nevio zu spielen. Er war eine Art Musikgenie mit viel Gefühl. Wäre da nur nicht Line, die so missmutig aussah und sich nicht richtig mitfreuen konnte.

Mia hielt gerade Ausschau nach Mats, da kam Nevio auf sie zu. „Wir bleiben zum Warmspielen zusammen, oder?"

Line hatte es gehört und zog die Augenbrauen hoch. Stimmte Mias Gefühl und Line schwärmte heimlich für Nevio? Wollte es aber nicht zugeben, weil sie Jungs eigentlich blöd fand? Falls das stimmte, konnte Mia Line vielleicht sogar helfen, wenn sie Nevio ein bisschen besser kennenlernte. Dann könnte sie ein Date für die beiden einfädeln. Was sollte sie jetzt tun? Ihr gefiel Nevio auch, jedenfalls wenn es um die Musik ging. Und dann war da ja noch Mats. Er war schließlich ein wichtiger Grund gewesen, bei diesem Casting anzutreten. Was würde er davon halten, wenn Mia und Nevio ein Team bildeten und sich gut verstanden?

Nevio machte noch einen Schritt auf Mia zu und sah sie fragend an.

Möchtest du, dass Mia auf Lines Verständnis setzt und mit Nevio in einem Team bleibt? Dann lies weiter auf S. 75.

Oder findest du es besser, wenn Mia sich zurückzieht und einen anderen Partner sucht? Lies auf S. 83 weiter.

Für *Line*

„Ja, klar, lass uns ein Team bleiben. Du spielst echt genial!"
Nevios Wangen färbten sich rosa. „Danke! Das kann ich dir
nur zurückgeben."

Mia wusste nicht, was sie von Nevio halten sollte. Er redete
meistens förmlich und wirkte so brav, wenn er aber Musik
machte, rockte er richtig ab.

Line starrte Mia an, als hätte die sich plötzlich in
ein Einhorn verwandelt. Sie huschte zu ihrer
Tasche, packte alles zu-
sammen und eilte aus
dem Musikraum.

„Nevio, ich muss los!"
Mia griff nach ihrer
Gitarrentasche und lief
ihrer Freundin hinterher.

„Warte mal!", rief sie über den Flur. Line zuckte zusammen und blieb tatsächlich stehen.

„Was ist denn bloß los?", fragte Mia. „Wollen wir zu den Stufen und reden?"

„Okay." Line folgte ihrer Freundin zu den Stufen am Sportplatz, auf denen die beiden am liebsten ihre Pausen verbrachten. Sie setzten sich ein Stück voneinander entfernt in die oberste Reihe. Weiter unten hatte sich eine Gruppe Sechstklässler niedergelassen, ansonsten waren sie ungestört.

Erst sagte keine der beiden etwas. Line schien nicht so recht zu wissen, wie sie anfangen sollte, deshalb rückte Mia ein Stückchen näher an sie heran und sah ihr in die Augen. „Was geht in dir vor?", fragte sie sanft.

Line seufzte tief. „Ich weiß es auch nicht so richtig."

„Ist es wegen Nevio?", hakte Mia nach.

Line setzte ein ungläubiges Gesicht auf. „Hä, wie kommst du da drauf? Was hab ich denn mit Nevio zu tun?"

Bestimmt mehr, als dir lieb ist, dachte Mia. „Also stört es dich nicht, dass wir ein Team bilden?"

„Nee, überhaupt nicht!" Line war sichtlich bemüht, die Fassung zu bewahren. Vielleicht brauchte sie ein bisschen Zeit? Nevio war ja der erste Junge, den sie toll fand.

„Also, falls du es doch nicht okay findest, kannst du mir einfach jederzeit Bescheid sagen, abgemacht?"

„Ist gut", flüsterte Line und sah aus, als wäre sie sofort wieder in ihre Gedanken abgetaucht.

Während der nächsten Proben wuchsen Mia und Nevio musikalisch immer mehr zusammen und auch die Band als Ganzes fand ihren ganz eigenen Groove. Line rasselte allerdings längst nicht mehr so begeistert. Manchmal stand sie abwesend herum und wirkte irgendwie fehl am Platz. So hatte Mia sie noch nie erlebt. Leider hatte Line sich auch nicht weiter geöffnet, was ihre Gefühle anging.

Nach einer Probe, während der Line Nevio nicht aus den Augen gelassen und Nevio Line verstohlene Blicke zugeworfen hatte, beschloss Mia, noch einmal mit ihrer Freundin zu reden. Sie fuhren mit ihren Fahrrädern nach Hause und Line trat an diesem Nachmittag beschwingt in die Pedale.

„Line, kann es sein, dass du Nevio doch toll findest?"

Line wurde langsamer, bis sie irgendwann anhielt, ihre Füße auf den Boden setzte und die Stirn kraus zog. Mia stoppte dicht neben ihrer Freundin.

„Es ist doch nicht schlimm, er ist ja auch ein klasse Typ."

„Ach ja?", fuhr Line sie an. „Ihr versteht euch ja auch wirklich prächtig! Kein Wunder, zwei Musikgenies, die super zusammenpassen."

Mia schluckte. „So denkst du also darüber."

Lines Gesichtsausdruck wandelte sich von sauer zu traurig. „Mensch, Mia, es tut mir leid. Ja, ehrlich gesagt denke ich so. Ich verstehe doch, dass Nevio dich toll findet und mit dir zusammen sein will. Und nicht mit mir, der Shake-Ei-Rasslerin." Sie ließ den Kopf hängen.

Mia stellte ihr Fahrrad ab, klappte auch Lines Ständer aus und nahm ihre Freundin in die Arme. „Line, Nevio will nicht mit mir zusammen sein. Wir sind beim Musikmachen ein gutes Team, das ist aber auch schon alles. Auch wenn Mats sich mittlerweile immer öfter mit Greta abgibt, heißt das doch nicht, dass ich nun plötzlich auf Nevio stehe. Ich würde mich freuen, wenn ihr zusammenkommt!"

Line musste lächeln und Mia knuffte ihr liebevoll in die Seite. „Dann würdest du mich auch besser verstehen und nicht immer dagegen anreden, wenn ich von einem Jungen schwärme."

Line prustete los. Sie war so erleichtert, dass ihre Augen wieder leuchteten.

Den ganzen Nachhauseweg über dachte Mia darüber nach, wie sie ihre Freundin restlos überzeugen konnte, dass sie wirklich nicht mit Nevio zusammen sein wollte.

Noch am selben Abend schickte sie Nevio eine Nachricht.

Hey Nevio, ich fände es toll, wenn wir uns für
das Konzert eine Überraschung für Line überlegen
würden. Hast du eine Idee? Liebe Grüße, Mia

Es dauerte nicht lange, bis Nevio antwortete.

Hallo Mia, wie wäre es, wenn wir beide einen
Song speziell für Line proben und ihn ihr widmen? Wir könnten das Ganze beim nächsten Mal mit
Frau Müller besprechen. Die ist bestimmt einverstanden, denn sie ist doch so froh, dass Line so
viele Organisationssachen übernommen hat, weil
kein anderer Lust dazu hatte.

Mia war beeindruckt. Nevio war perfekt für Line.

Super Idee, danke! Bis dann!

Frau Müller hatte nichts dagegen, im Gegenteil. Sie gestattete Mia und Nevio,
beim Konzert zum Halbjahreswechsel, der mit großen Schritten nahte,
ein kleines Lied ihrer Wahl allein
für Line zu spielen. Sicher war auch

ihrer Musiklehrerin nicht entgangen, dass Line nicht wirklich glücklich geworden war in der Band.

Am Tag des Konzertes war die Stimmung großartig.

„Ihr Lieben, es gibt wirklich keinen Grund, sich zu verstecken. Ihr habt euch wunderbar entwickelt, und das in verhältnismäßig kurzer Zeit. Toi, toi, toi, ich freue mich auf das Konzert! Und nun lasst uns die Bühne stürmen!", rief Frau Müller überschwänglich.

Natürlich waren alle aufgeregt und Mias Hände zitterten sogar ein wenig, aber die Vorfreude überwog. Das Publikum machte es der neuen Schulband mit ihrem Beifall zum Glück leicht. Nach den ersten beiden Liedern, die sie nahezu fehlerfrei hinlegten, gab Frau Müller Mia und Nevio vom Seitenrand der Bühne aus ein Zeichen. Mia schnappte sich ein Mikrofon.

„Nevio und ich spielen jetzt ein Lied, das ihr bestimmt alle kennt." Sie grinste und reichte Nevio das Mikro.

Er drehte sich zu Line um, die ganz hinten auf der Bühne stand. *„Du bist das Beste, was mir je passiert ist*. Das Lied

widmen wir dir, Line!" Er legte das Mikro zur Seite und griff lächelnd nach seiner Geige.

Lines Gesicht wurde rot wie eine Signalleuchte. Aber sie wirkte nicht peinlich berührt. Eher gerührt. Greta hingegen klappte entgeistert der Mund auf und auch Mats legte überrascht den Kopf zur Seite.

Mia begann, Nevio stimmte ein, und wie schon beim Casting spielten die beiden ihr Lied, das in der Kombination von Gitarre und Geige einfach wunderbar klang. Mia drehte sich zu Line um und auch Nevio blickte sie lange an, bevor es mit den nächsten Songs weiterging.

Nach dem letzten Lied brandete Applaus auf. Die gesamte Band kam nach vorne und verbeugte sich. Frau Müller beglückwünschte ihre Schützlinge. Mia setzte sich auf einen Stuhl am Rand, um ganz in Ruhe ihre Noten einzusammeln. Sie sah, wie Mats Greta umarmte. Die gesamte Probenzeit über war Mia so mit Nevio und auch Line beschäftigt gewesen, dass sie nicht mehr so intensiv auf Mats geachtet hatte. Das hatte Greta für sich genutzt. Mia wunderte sich, dass sie das nicht so sehr störte, wie sie es noch vor einer Weile gedacht hatte.

Niko, der Bassist, kam mit seinen Noten unter dem Arm auf Mia zu. „Hey, ich wollte dir noch persönlich sagen, dass der Song von Nevio und dir wieder der Hammer war. Ich hatte 'ne richtige Gänsehaut." Mia blickte auf und sah Niko zum ersten Mal richtig an. Jedenfalls war ihr vorher noch nie aufgefallen, dass seine dunkelbraunen Augen einen ganz schön in ihren Bann ziehen konnten.

„Vielleicht könnten wir ja auch mal ein Stück zusammen spielen!" Er setzte sich neben Mia und lächelte sie an.

„Gerne!"

Niko strahlte. Und überhaupt, wo Mia auch hinsah, erblickte sie nur glückliche Gesichter. Es war eine gute Entscheidung gewesen, in die Schulband zu gehen.

Manchmal konnte einen das Leben ganz schön überraschen.

Ende

Doppel-Date

„Nevio, ähm, das ist so, ich will schon mit dir ein Team bilden, also das war ganz toll, aber ich würde gerne auch, na ja, noch mal mit jemand anderem spielen", stotterte Mia.

Line, die zwar gerade an ihrer Tasche herumnestelte, aber aufmerksam zugehört hatte, huschte ein erleichtertes Lächeln über das Gesicht. Nevio verzog enttäuscht den Mund, dann hellte sich sein Gesichtsausdruck wieder auf.

„Okay. Das verstehe ich. Danke für deine ehrliche Antwort."

Mia hatte selten erlebt, dass Jungen in dem Alter so höflich waren, und war sehr beeindruckt. Mit wem sie sich statt Nevio die nächsten Male warmspielte, würde sie einfach auf sich zukommen lassen.

Line hatte den Kopf leicht zur Seite gelegt und verfolgte Nevio mit Blicken, bis er mit seinem Geigenkasten im Flur verschwand.

Mia ging auf ihre Freundin zu. „Wollen wir dann auch los?"

Line starrte immer noch zur Tür und Mia grinste in sich hinein. Sonst war es umgekehrt gewesen. Mia hatte mit ihren Blicken an Mats geklebt und Line hatte sie aus dieser sonderbaren Starre holen müssen. Es gab keinen Zweifel mehr – Line hatte sich Hals über Kopf in Nevio verknallt.

Mats war mit Mia und Line einer der Letzten, der den Musikraum verließ. Er begleitete sie zum Fahrradständer.

„Also, bis nächste Woche dann, ich freue mich schon!" Er strahlte Mia an, als hätte er ihr gerade die weltbeste Nachricht schlechthin überbracht.

„Ich mich auch", hauchte sie, bevor Mats lässig zur Bushaltestelle schlenderte.

Line grinste. Mia stemmte die Hände in die Hüften und grinste breit zurück. „Bevor du irgendetwas sagst von wegen Mats und so … erst bin ich dran!"

Lines Grinsen erstarb und sie kniff die Lippen zusammen. „Was meinst du?", fragte sie unschuldig.

„Du bist in Nevio verschossen! Und bitte erzähl mir nicht, dass das nicht stimmt."

Line rang nach Worten. Erst sah sie sauer aus, doch ihr Gesicht entspannte sich wieder und es folgte ein kleines Lächeln. „Du kennst mich einfach zu gut."

„Also stimmt es? Du magst Nevio, obwohl er ein Junge ist?", feixte Mia.

Line machte ein verklärtes Gesicht. „Nevio ist anders. Also, klar, er ist ein Junge, und viele Jungs sind wirklich unerträglich, aber er nicht. Im Gegenteil."

„Und genauso geht es mir mit Mats."

„Ich weiß", murmelte Line, „jetzt."

Mia schloss ihr Fahrrad auf. „Ich hab eine Idee!"

„Oh, oh", sagte Line und kicherte.

„Du hast einen Schwarm, ich hab einen Schwarm. Wie wäre es, wenn wir sie fragen, ob sie mal was mit uns machen wollen? Wir könnten eine Zeit abmachen, und genau dann fragen wir beide gleichzeitig. Damit wir es auch wirklich wagen. Danach können wir uns dann berichten, wie es gelaufen ist. Wie findest du das?"

Line war ein wenig blass geworden. „Gut. Und schlecht. Klar würde ich gerne mal was mit Nevio unternehmen. Aber wie soll ich ihn denn ansprechen?"

„Das ergibt sich schon irgendwie. Manchmal muss man sich einfach trauen. Also … nach der nächsten Bandprobe, genau sieben Minuten nachdem Frau Müller die Probe offiziell beendet hat, gehst du zu Nevio und ich zu Mats. Wir stoppen die Zeit. Einverstanden?"

Line sah aus, als würde sie unzählige Bedenken herunterschlucken. „Okay. So machen wir es." Das klang zwar alles andere als überzeugt, aber es war abgemacht.

Immer wenn Mia in nächster Zeit an die Vereinbarung mit Line dachte, bekam sie gute Laune und fühlte sich mutig. Von dem Mut war allerdings am Tag der Tage nicht mehr viel übrig. Plötzlich hatte sich das Blatt gewendet. Line wirkte selbstsicherer denn je, war die ganze Probe über locker und fröhlich. Mia hingegen spürte, wie ihre Schultern sich bis zu den Ohren hochziehen wollten. Zwar hatte sie mit Luisa als Warm-up-Partnerin einen guten Ersatz für Nevio gefunden, denn das Gitarrenspiel mit dem Saxofon klang viel besser als gedacht, allerdings hatte sie Mats dabei die gesamte Probe über direkt im Blick. Und der sah heute ganz besonders gut aus. Das machte es nicht leichter. Die ganze Woche über hatte Mia sich ausgemalt, wie sie nach der Probe einfach auf ihn zugehen würde. In ihren Gedanken war ihr das ganz leicht vorgekommen.

Als Frau Müller jetzt allerdings wie immer schwungvoll in die Hände klatschte und rief: „Danke, ihr Lieben, prima. Nächste Woche geht es weiter!", hämmerte Mias Herz, als wollte es sie an ihren Ausspruch erinnern: *Manchmal muss man sich einfach trauen.* Sie schlurfte zu Line, die gerade auf ihre Armbanduhr schaute, während Nevio sich schon auf den Weg nach draußen machte. Line heftete sich an seine Fersen. Einmal drehte sie sich noch zu Mia um, zwinkerte ihr zu

NOCH FÜNF MINUTEN

und hielt fünf Finger in die Höhe, was wohl „Noch fünf Minuten!" bedeuten sollte. Mias Herz hämmerte stärker.

Mats unterhielt sich gerade mit Niko über irgendeinen Song.
Es sah nach einem längeren Gespräch aus, aber wenn Mia
nicht kneifen wollte, blieb ihr nichts anderes übrig, als trotzdem zu Mats zu gehen. Abgemacht war abgemacht. Sie
musste nur den richtigen Moment abwarten. Doch die Uhr
war gnadenlos – noch zwei Minuten. Ohne länger zu überlegen, unterbrach Mia die Unterhaltung. „Sorry, falls ich euch
störe, aber ich muss dich dringend etwas fragen, Mats."

Mats lächelte sie an. „Na klar, kein Problem!" Er warf Niko
einen kurzen entschuldigenden Blick zu und der ließ die beiden allein. „Was gibt es denn?", fragte Mats.

Niko, Frau Müller, Luisa und leider auch Greta waren noch im
Raum. Die Wanduhr verriet Mia, dass die sieben Minuten um
waren. Verdammter Mist.

Mia sprach so leise wie möglich, gerade noch so laut, dass es
nicht komisch auffiel. „Das kann ich dir nur im Park sagen,
weil … na ja, wirst du dann sehen. Wie wäre es morgen
Nachmittag?"

„Wie wäre es sofort?", antwortete Mats leise. Mia sah sich
um. Sie glaubte, dass niemand außer Niko zuhörte; er stand
so nah bei ihnen, dass er natürlich jedes Wort mitbekommen
hatte. Grimmig stapfte er zu seiner Bassgitarre und packte sie
ein. Bestimmt war er sauer, weil Mia mitten in sein angereg-
tes Gespräch mit Mats geplatzt war.

„Okay!", flüsterte Mia, und Mats grinste breit.

Die Sekunden und Minuten, bis sie am Fahrradständer angekommen waren, zogen sich wie eine Ewigkeit in die Länge. Die einzige kleine Ablenkung war Line, die mit Nevio auf einer Bank in der Nähe des Schultores saß und Mia vielsagend anlächelte. Mia grinste kurz zurück, dann versuchte sie sich wieder auf Mats zu konzentrieren. Sie hatte größte Mühe, die Stille auszuhalten, deshalb war sie erleichtert, als er endlich das Schweigen brach. „Ich bin mit dem Bus da, aber bis zum Park ist es ja nicht weit."

„Ich nehme mein Fahrrad mit und schiebe einfach."

Mia hielt sich verkrampft an ihrem Lenker fest und ging bedrückt neben Mats her. Ihr fiel einfach nichts ein, was sie mal eben so im Nebeneinanderhergehen Lässiges hätte von sich geben können.

Mats hingegen wirkte entspannt. „Ich kann kaum erwarten, zu erfahren, was du mir sagen willst", sagte er geheimnisvoll.

„Hmm", war alles, was Mia dazu rausbrachte. Die nächsten Minuten überlegte sie fieberhaft, was genau sie gleich zu Mats sagen würde, aber egal, was sie sich ausdachte, es wurde von einer fiesen inneren Stimme ausgelacht.

Im Park war eine Menge los, kein Wunder an diesem schönen Tag.

„Wo müssen wir denn hin?", wollte Mats wissen.

„Äh, das ist eigentlich egal. Wie wäre es, wenn wir uns da drüben hinsetzen, unter den Baum dort?"

Mats folgte ihr und Mia wünschte sich, sie hätte niemals diese bescheuerte Abmachung mit Line getroffen. Sie stellte ihr Fahrrad ab, griff nach ihrer Gitarre und setzte sich unter die Eiche, so nah an den Stamm, dass sie sich anlehnen konnte. Sie fühlte sich sowieso schon schwach genug. Mats setzte sich dazu, als wäre es das Normalste der Welt.

„Es ist so, Mats, ich wollte einfach mal Zeit mit dir verbringen."

Er zog überrascht die Augenbrauen hoch. Mia hätte sich am liebsten umgehend von einem Erdloch verschlucken lassen. Doch Mats lächelte.

„Cool!" Er blickte ihr etwas länger als gewöhnlich in die Augen. „Wie bist du eigentlich zur Musik gekommen? Du spielst schon lange, oder?"

Mia war ihm unendlich dankbar, dass er einfach weiterredete. Er ließ sich von ihrer komischen Aktion kein bisschen aus der Ruhe bringen.

„Ja, ich spiele, seit ich sechs Jahre alt bin. Und seit wann singst du? Hast du Unterricht?"

„Hatte ich mal 'ne Weile. Ich hatte immer so viele Lieblingslieder, die hab ich dann einfach gesungen und gemerkt, dass mir das total Spaß macht."

Mia betrachtete seine Arme, die im Gegensatz zu denen der meisten anderen spiddeligen Jungen, die sie kannte, ziemlich muskulös waren. Überhaupt war er eine echte Sahneschnitte mit seinen Zauberaugen, dem kurzen, dunkelblonden Haar und natürlich seiner Stimme, die Mia jedes Mal aufs Neue umhaute. Und sie saß hier mit ihm im Park, einfach so. Weil sie ihn sozusagen hergelockt hatte … und jetzt sagte sie nichts. Was sollte er bloß von ihr denken?

„Was ist dein absolutes Lieblingslied zurzeit?", hakte Mats nach.

„*All of me* von John Legend, in der Coverversion mit Jason Chen und Madilyn Bailey." Mia war plötzlich noch wärmer als sowieso schon. So oft hatte sie sich vorgestellt, wie Mats und sie das Lied gemeinsam sangen und sich näherkamen.

„Das kenn ich auch, total schön. Spiel doch mal!", sagte er.

Mia war erleichtert, denn endlich gab es etwas, das sie tun konnte, wenn ihr schon sonst nichts einfiel. Sie holte ihre Gitarre aus der Tasche, atmete tief durch und legte los. Und weil sie das normalerweise immer tat, sang sie dazu. Mats stimmte ein. Auf dem Weg, der ein Stück entfernt an ihrer Eiche entlangführte, blieben Leute stehen und lauschten begeistert. Eine Invasion von Glückshormonen rauschte durch Mias Körper. Als die letzten Töne verklungen waren, klatschten einige der spontanen Zuschauer, bevor sie weiter ihrer Wege gingen.

Dieses Mal brauchte auch Mats eine Weile, bevor er etwas sagen konnte. „Mia, das war echt wahnsinnig schön!" Er strahlte sie an und Mia unterdrückte das Bedürfnis, ihn zu berühren. „Wäre das nicht auch was für die Band? Wollen wir das nächste Woche mal Frau Müller vorspielen?"

Mia fühlte sich glücklich wie nie zuvor. Allerdings war es eine Sache, das Lied spontan im Park zu singen, aber eine andere, es vor allen im Musikraum vorzutragen. Trotzdem wäre es albern gewesen, jetzt aufzugeben. Es war auch nahezu unmöglich, so wie Mats Mia ansah.

„Gerne", hauchte sie.

Nachdem Mia Mats zur Haltestelle gebracht und so lange gewartet hatte, bis der Bus abgefahren war, griff sie zu ihrem Handy.

Und???

Mehr schrieb sie nicht an Line, denn die wusste sowieso, was gemeint war. Erst als Mia zu Hause angekommen war, erreichte sie die Antwort ihrer Freundin.

Mia, ich kann das alles gar nicht glauben! Nevio ist so, so, so süß!!!
Wir sind spazieren gegangen und haben uns die ganze Zeit unterhalten. Morgen haben wir uns wieder verabredet!! Und bei dir?

Mia machte einen kleinen Luftsprung und ließ sich auf ihr Bett fallen.

Mats und ich haben im Park zusammen gesungen, du weißt schon, welches Lied.

Beim Gedanken daran spürte Mia wieder, wie die Glückshormone durch ihren Körper schossen. Mission Bauchbritzeln.

Wie cool ist das denn? Das war die beste Idee überhaupt mit dieser Date-Aktion! DANKE.

Mia war selbst überrascht, wie gut der Nachmittag für Line und sie gelaufen war. Vor lauter Glück konnte sie bis weit nach Mitternacht nicht einschlafen.

Bis zur nächsten Bandprobe liefen Mia und Mats sich in der Schule nur selten über den Weg. Line hatte sich auch außerhalb des Unterrichts öfter mit Nevio getroffen, aber dafür war Mia nicht mutig genug gewesen, weil auch von Mats kein Zeichen mehr kam. Mia war deshalb glücklich, als es endlich Mittwoch war. Sie hielt die Schulstunden am Vormittag geduldig durch, verbrachte die Mittagspause damit, immer wieder auf ihre Uhr zu starren, bis endlich die Bandprobe begann.

Mia und Line waren überpünktlich. Als Mats in den Raum trat, zwinkerte er Mia kurz zu, aber das war es. Sollte sie zu ihm rübergehen? Schließlich hatten sich auch Nevio und Line wie selbstverständlich nebeneinander gesetzt. Mia sah aus dem Augenwinkel, dass Greta sich näherte. Sie packte ihre Gitarre und ging entschlossen auf Mats zu.

„Hey."

„Hi Mia!"

Mats lächelte zwar, wirkte aber irgendwie verhalten. Mist.

„Wollen wir heute zum Warm-up ein Team bilden? Vielleicht mit unserem Lied von letzter Woche?" Wow, das war mutig gewesen. Mia war von sich selbst beeindruckt.

„Na klar. Dann können wir es auch gleich Frau Müller vorspielen."

Genau, dachte Mia, dann hören auch nicht alle zu, denn die anderen werden zur gleichen Zeit mit sich selbst beschäftigt sein.

Als Mia und Mats mitten in ihrem Lied waren und Frau Müller ihnen versonnen lauschte, tauchte auf dem Hof vor dem Musikraum eine Gruppe Jungs auf, die feixend

LALALA........

Gesten in Mats' Richtung machten. Von einem Moment auf den anderen sang er nicht mehr so hingebungsvoll wie vorher und drehte sich leicht von Mia weg. Mittlerweile hörten alle Bandmitglieder ihnen zu. Dieses Mal war Mia froh, als das Lied zu Ende war. Frau Müller war hin und weg.

„Das sollten wir auf jeden Fall ins Konzertprogramm aufnehmen! Was meint ihr?", fragte sie die anderen. Alle stimmten zu, nur Greta sagte nichts, sondern warf Mia einen spöttischen Blick zu.

„Was war das denn vorhin vorm Fenster?", fragte Mia Line in der Pause.

„Nevio hat gesagt, das waren Mats' Freunde. Irgendwie ist die Sache mit eurem kleinen Privatkonzert im Park wohl durchgesickert und jetzt ziehen sie ihn damit auf."

Mia erspähte Mats auf dem Schulhof. Er stand dort betont lässig, die Hände in den Taschen. Line legte ihr einen Arm um die Schulter. „Lass den Kopf nicht hängen. Du weißt doch, wie Jungs sind. Die Kumpel sind megawichtig. Vor allem, was sie denken."

Mia schluckte. „Ja, ich weiß, wie Jungs sind. Aber ich dachte eben, Mats wäre anders."

Line seufzte. „Warte doch erst mal ab, was sich in nächster Zeit so tut. Okay?"

Doch leider tat sich während der nächsten Wochen so gut wie gar nichts. Mats war freundlich zu Mia, mehr aber auch nicht. Hier und da ein kleines, anerkennendes Lächeln, aber das war es. Da sie ihn das erste Mal um ein Treffen gebeten hatte, hatte sie gehofft, dass nun er einen Schritt auf sie zugehen würde. Aber der blieb leider aus.

Zwei Wochen vor dem Konzert zum Halbjahreswechsel besprach Frau Müller mit der Band die endgültige Songliste für den Auftritt.

Mia war sich gar nicht mehr sicher, ob sie *All of me* überhaupt noch spielen wollte. Klar, sie hatte es sich sehr gewünscht – allerdings nicht, wenn es Mats peinlich war. Das war viel schlimmer, als es gar nicht zu singen. Aber Mats machte keine Anstalten, das Lied aus dem Programm nehmen zu lassen. Als Frau Müller den Song nannte, nickte er zwar kurz, suchte allerdings nicht Mias Blick. Sie räusperte sich.

„Also, könnten wir vielleicht doch stattdessen ein anderes Lied nehmen?"

Frau Müller, die schon wieder in ihre Liste vertieft war, sah überrascht auf, und auch Mats hatte sich ruckartig zu Mia gedreht. Nach und nach waren alle Blicke auf sie gerichtet, und der Kloß, der sich in Mias Hals gebildet hatte, wurde immer größer.

„Ich meine nur, wir haben das ja gar nicht mehr so oft geübt und wir haben doch auch noch andere tolle Stücke", sagte Mia leise.

Frau Müllers Blick wanderte von Mia zu Mats und wieder zurück. „Okay, Mia und Mats, was haltet ihr davon, wenn wir den Song wenigstens als Zugabe auf der Liste lassen? Wenn die Hauptstücke gespielt sind und die Stimmung passt, gebt ihr mir ein Zeichen und spielt das Lied. Einverstanden?"

Mia versuchte wieder, den Kloß im Hals hinunterzuschlu-

cken, doch er war einfach zu groß. Sie wartete erst mal Mats'
Reaktion ab.

„Ich fände es schön, wenn es wenigstens als Zugabe bleibt",
sagte er und sah Mia an, doch die konnte seinen Blick nicht
richtig deuten.

„Okay", krächzte sie.

Während der Tage bis zum Konzert gab es zwar noch immer
Momente, in denen Mia Vorfreude spürte, es gab allerdings
auch Zeiten, da wollte sie am liebsten flüchten. Nur das Glück
ihrer Freundin Line hielt sie in diesen Momenten über Wasser.
Line war mit jedem Tag ein bisschen mehr verknallt in Nevio
und er in sie. Die beiden strahlten ein derartiges Glück aus,
dass es einfach nur ansteckend war.

Einen Tag vor dem Konzert bekam Mia unerwartet eine
Nachricht von Mats, die sie mindestens dreißig Mal las.

Hey, ich freu mich schon
auf morgen. Mats

Mats freute sich? Erst dachte
Mia, dass er die Nachricht vielleicht allen in der Band geschickt hatte, konnte das aber
mit Lines Hilfe ausschließen.
Freute er sich also auch auf sie,

auf ihr Lied? Oder wollte er einfach sichergehen, dass morgen beim Auftritt gute Stimmung herrschte? Mia las Mats' Worte weitere dreiundzwanzig Male. Sie war kurz davor, ihm zu antworten. Aber was hätte sie schreiben sollen? Ich freue mich auch? Das stimmte nur bedingt. Außerdem ärgerte sie sich, dass Mats sie wochenlang kaum beachtet hatte. Ihre Unsicherheit hatte sich mit seiner Nachricht nur noch verstärkt.

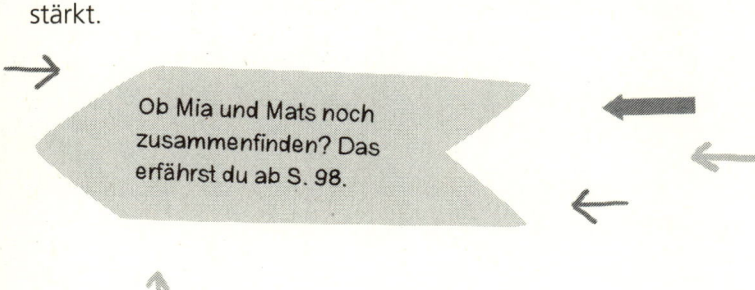

Ob Mia und Mats noch zusammenfinden? Das erfährst du ab S. 98.

Zugabe

Am Konzerttag waren alle Bandmitglieder aufgeregt. Greta war sogar richtig ängstlich. Das passte eigentlich gar nicht zu ihrem sonstigen Gehabe, und bestimmt störte es sie auch, dass sie nicht so cool sein konnte, wie sie es sich erhoffte. Line fühlte sich dadurch, dass sie mit Nevio ein paar Percussion-Trainingssessions absolviert hatte, in ihrem Rhythmusgefühl gestärkt und freute sich auf den Auftritt. Die Generalprobe lief rund, Frau Müller jedenfalls war guter Dinge.

„Lasst uns zur Bühne schreiten, meine Lieben, es ist so weit!", rief sie feierlich, und die gesamte Truppe folgte ihr mit Sack und Pack hinüber zur Aula, wo sich bereits die meisten Schüler eingefunden hatten.

Mia blinzelte durch einen kleinen Schlitz im Vorhang. In der zweiten Reihe saßen Mats' Freunde und lachten. Bestimmt hatten sie gerade einen Witz über ihren Kumpel gemacht,

vielleicht sogar über sie. Mia versuchte, sich davon nicht be-
eindrucken zu lassen. Schließlich hatte sie so lange geprobt.
Seit dem letzten Schuljahr hatte sie schon mit dem Gedanken
gespielt, bei der Band mitzumachen, und seitdem auf diesen
Moment hingearbeitet. Aber es war nicht leicht, die Nervo-
sität zu besiegen, denn vor ihrem geistigen Auge tauchte
das Bild auf, wie Mats und sie bei der Probe gemeinsam gesungen hatten und er sich, unauffällig zwar, aber deutlich
genug, von ihr abgewandt hatte.
Die Rektorin kündigte die Band an und sie betraten unter
tosendem Applaus, allerdings auch einigem
Gelächter, die Bühne. Alle Musiker nahmen
ihre Plätze ein. Emil am Schlagzeug schlug
drei Mal seine Sticks aneinander und los
ging es. Die Stimmung in der Aula wurde
mit jedem Lied besser und die Band
von Song zu Song lockerer.
Als das letzte Lied verklungen war und das
Publikum begeistert klatschte, wurde Mia
bewusst, dass sie ihre Unsicherheit während des
Spielens völlig hatte verdrängen können. Sie atmete tief
durch und drehte sich zu Line um, die den Daumen hochge-
streckt hielt und grinste. Frau Müller trat einen Schritt vom
Bühnenrand vor und nickte Mats zu. Er warf einen selbst-
bewussten Blick zurück und ihre Lehrerin lächelte.
Mats ging zu Mia und strahlte sie an. „Wollen wir?", fragte

er, während der Applaus etwas abebbte und „Zugabe"-Rufe laut wurden.

Mia sah ihn überrascht an und spürte, wie es in ihrem Bauch kribbelte. „Ja." Das hatte eher wie eine Frage geklungen.

Mats zog sich einen Hocker heran, neben sich einen zweiten für Mia. Zögernd stand Mia auf, ging zu ihm hinüber und setzte sich. Ihre Hände zitterten. Ob ihre Stimme mitmachen würde? Mats sah ihr tief in die Augen und lächelte sie an. Seine Freunde johlten, doch er beachtete sie nicht.

Mia begann zu spielen und nach dem Intro zu singen. Mats setzte beim Refrain ein. Wieder hatte Mia den Eindruck, dass ihre Stimmen einfach perfekt zusammenpassten. Sie wagte einen Blick ins Publikum und fing die staunenden Blicke von Mats' Freunden auf. Dieses Mal wehrte sie sich kein bisschen gegen die erneute Invasion der Glückshormone, ganz im Gegenteil.

Nach den letzten zarten Klängen des Liedes brach das Publikum in Begeisterungsstürme aus. Mats erhob sich von seinem Hocker, schob sein Mikro zur Seite und nahm Mias

Hand. Die beiden traten an den Bühnenrand und verbeugten sich. Mats' Hand war warm und weich; Mia war nicht bereit, sie so bald wieder loszulassen. Die ganze Band kam nach vorn und verbeugte sich, und sie hielten sich noch immer an den Händen. Und plötzlich, inmitten der überschwänglichen Stimmung, drehte sich Mats zu Mia, strich ihr zärtlich über die Wange und küsste sie. Dann nahm er sie in seine Arme. Mia wusste nicht, wie ihr geschah. Ihr wurde schlagartig bewusst, dass alle sie sehen konnten.

„Ich hab 'ne Weile gebraucht, sorry. Danke, dass du mit mir gesungen hast", hauchte Mats in ihr Ohr. „Es war wundervoll. DU bist wundervoll."

Mia war froh, dass Mats sie festhielt, denn sie wusste nicht, ob ihre weichen Knie sie getragen hätten.

Dieser Moment, in dem Mia einfach nur Mats' Umarmung spürte, alles andere um sich herum vergaß und ihr Lied wieder und wieder durch ihren Kopf tönte, durfte ewig dauern.

Ende

Zickenkrieg

Kurz nachdem Greta sich zu Mats gesellt hatte, folgte ihr auch Mia. Sie tat so, als hätte sie die ganze Zeit schon vorgehabt, bei den Sängern zum Casting anzutreten. Line winkte Mia von der anderen Seite mit einem verschmitzten Grinsen zu.

„Okay, prima. Wir fangen mit den Instrumenten an, dann seid ihr Sänger an der Reihe. Setzt euch doch so lange", sagte Frau Müller mit leuchtenden Augen.

Mats schnappte sich einen Stuhl und brachte gentlemanmäßig einen zweiten mit, den er mit einem Seitenblick zu Mia neben sich stellte. Leider war sie nicht auf Zack genug, denn schon hatte Greta sich darauf gepflanzt. So etwas Dreistes! Mats ließ sich nichts anmerken. Vielleicht war der Stuhl ja auch gar nicht für Mia gedacht gewesen? Sie setzte sich auf einen freien Platz weiter hinten in die Reihe zu Fiona und sah zu, wie Greta in jeder noch so kleinen Pause versuchte, sich an Mats heranzuschmeißen.

„Ich hab seit vielen Jahren Gesangsunterricht und freue mich schon total lange auf den Tag, an dem ich mal irgendwo vorsingen darf." Um ihre Worte zu unterstreichen, senkte Greta ihre langen, geschwungenen Wimpern. Mats zeigte zwar hier und da Interesse, ging aber nicht voll und ganz auf Greta ein. Nach einer Weile drehte die sich deshalb zu dem Jungen um, der schräg hinter ihr saß und ebenfalls vorsingen wollte. Was trieb Greta da für ein Spiel? Wollte sie Mats eifersüchtig machen? Das konnte doch wohl nicht ihr Ernst sein. In gewisser Weise bewunderte Mia Greta aber für ihren Mut. Sie hatte sich ganz schön weit aus dem Fenster gelehnt. Mia hingegen war sich noch immer nicht sicher, ob sie hier wirklich an der richtigen Adresse war. Würde das Ganze peinlich für sie enden? Sie spürte, wie ihr Hals eng und enger wurde. Lines Tamburin-Auftritt, der sie direkt aus der Band befördert hatte, machte das Ganze nicht leichter.

Als endlich die Sänger an der Reihe waren, glaubte Mia, ihre Stimme hätte sich bereits verabschiedet. Vielleicht würde sie nicht einen einzigen Ton herausbekommen.

„Ich schlage vor, ihr tragt eines eurer Lieblingslieder vor, das gelingt bestimmt am besten", riet Frau Müller fröhlich. „Wer möchte beginnen?"

Mia kramte in ihrem Kopf nach einem passenden Lieblingslied. Natürlich hatte sie viele und auch schon zig Mal darüber nachgedacht, welches sie vorsingen würde, aber in diesem Moment schienen ihr alle Songs viel zu schwer. Während sie noch fieberhaft nachdachte, trat Mats nach vorne.

„Dann fang ich mal an." Er wirkte kein bisschen aufgeregt. Wie machte er das nur?

Mats schloss kurz die Augen, als würde er sein Lied noch mal aus seinem Inneren abrufen, dann begann er unvermittelt zu singen. Seine Stimme erfüllte den Raum. Sie war traumhaft schön, wohlig, aber mit einem gewissen rauen Hauch, dazu so voller Hingabe, dass Mia augenblicklich eine Gänsehaut bekam. Mats sang *Can't stop the feeling* von Justin Timberlake, und je länger er sang, desto mehr spürte Mia, dass auch ihre Gefühle sich auf den Weg zu ihm gemacht hatten und nicht mehr aufzuhalten waren.

Frau Müller nahm Mats sofort in die Band auf. Wahrscheinlich sollte er Leadsänger werden, vermutete Mia. Aber das würde Frau Müller erst bekannt geben, wenn sie alle gehört hatte.

Greta trat als Nächste vor. Mia musste zugeben, dass sie leider wirklich gut sang. Bestimmt hatte sie mit ihrem Auftritt den Platz neben Mats als Leadsängerin errungen. Alle anderen Sänger, die noch in die Band aufgenommen wurden, würden wahrscheinlich zum Background-Chor gehören. Mia lauschte noch ein paar Jungen und Mädchen, bevor sie sich auch endlich traute. Sie hatte sich für *Wovon sollen wir träumen* von Frida Gold entschieden, das erschien ihr von allen Liedern ihrer Vorauswahl am einfachsten. Leider war ihr Hals noch immer eng, ihre Stimme zittrig und sie bekam sie bis zum Ende des Liedes nicht in den Griff. Enttäuscht und ihren Rausschmiss befürchtend, wandte sie sich Frau Müller zu.

„Du kannst doch Noten lesen, oder?"

„Ja", antwortete Mia schüchtern.

„Ich würde vorschlagen, dass du erst mal in den Background-Chor gehst. Der hat im wahrsten Sinne des Wortes eine tragende Rolle. Wie wäre das?"

„Gut", antwortete Mia halbherzig. Greta setzte ein überlegenes Lächeln auf.

Als alle vorgesungen hatten, gab Frau Müller ihre Auswahl bekannt. „Mats, dich darf ich als Leadsänger in der Band begrüßen. Als Leadsängerin möchte ich Greta einladen. Es war eine knappe Entscheidung, denn Anna-Lena mit ihrer etwas tieferen Stimme war auch sehr stark." Im Gegensatz zu Mats, der sich bescheiden lächelnd freute, ballte Greta die Hand zur Faust und rief laut: „Yeah!"

Frau Müller ging auf Anna-Lena zu. „Du kannst Greta aber

hier und da vorne unterstützen." Greta warf Anna-Lena, einem coolen Mädchen mit Dreadlocks, einen fiesen Blick zu. „Alle anderen möchte ich in den Background-Chor bitten. Oder ins Organisationsteam, je nachdem, was wir direkt nach eurem Auftritt abgesprochen haben."

Genau diese Worte wiederholte Mia, als sie später mit Line telefonierte.

„Das ist doch super, Mia. Vielleicht kannst du irgendwann auch noch aufrücken zu den Leadsängern. Du warst heute einfach zu aufgeregt, das kann sich doch noch verbessern", versuchte ihre Freundin sie aufzubauen.

„Und du? Willst du nicht vielleicht doch ins Orgateam?", erkundigte sich Mia.

„Ach, es war ein blöder Tag heute. Auch weil ich mich gleich zwei Mal mit meiner Schwester gestritten habe. Aber das hab ich jetzt überwunden. Diesen Organisationskram hab ich erst mal abgesagt, aber ich könnte mich ja immer noch dafür anmelden, dann wäre ich weiterhin in deiner Nähe."

Es wurde warm um Mias Herz herum. „Du bist die beste Freundin, die man sich nur wünschen kann. Nee, das musst du wirklich nicht nur für mich machen, wenn dir das überhaupt keinen Spaß bringt. Ich schaff das schon. Und immer nach der Probe berichte ich dir, was so gelaufen ist, okay?"

„Na, das ist doch wohl klar. Und zwar bis ins letzte Detail!"

Während der nächsten Proben stellte sich heraus, dass Line recht behalten sollte. Mias Stimme entfaltete sich tatsächlich, jetzt wo sie ihren Platz gefunden hatte. Sie lernte schnell und die anderen Sänger waren nett und locker – abgesehen von Greta, die Anna-Lena das Leben echt schwer machte. Natürlich nicht offen, denn damit hätte sie ja Frau Müller auf den Plan gerufen, aber wann immer möglich stichelte sie und versuchte, Anna-Lena zu verunsichern. Einerseits hoffte Mia insgeheim, doch irgendwann zu ihrem Traumduett mit Mats zu kommen, andererseits beneidete sie Anna-Lena nicht, an der Seite von Greta singen zu müssen. Doch die schlug sich trotzdem tapfer, bis zu einer Probe, bei der Greta sie so nervte, dass es sogar Mats die Laune vermieste. Er blickte Greta finster an.

„Ist doch nicht nötig, die Stimmung so zu verderben!", sagte er laut, was Greta jedoch nur anstachelte, noch fieser zu Anna-Lena zu sein. Die hatte einfach keine Lust mehr, sich Sprüche wie „Mann, diese Töne da im Refrain lagen aber eben echt daneben" anzuhören. Sie ging zu Frau Müller, die gerade etwas mit Luisa besprach. Mia beobachtete, wie die beiden flüsterten und in Gretas Richtung schauten. Frau Müller legte Anna-Lena eine Hand auf die Schulter und redete auf sie ein, doch Anna-Lena schüttelte den Kopf. Sie ging zu ihrem Rucksack und setzte ihn sich auf den Rücken. Dann sagte sie: „Also Leute, sorry, dass das so mittendrin kommt, aber ich mach nicht mehr mit. Die Gründe dafür möchte ich jetzt nicht nennen." Dabei sah sie nur Greta an. „Ich wünsche euch aber viel Spaß und beim Konzert sitze ich natürlich in der ersten Reihe."

Ein Raunen ging durch den Raum, gefolgt von einem Tuscheln. Anna-Lena war längst draußen, da bat Frau Müller um Ruhe.

„Also, ihr habt es gehört. Wir brauchen eine neue starke Stimme, die Greta unterstützt." Sie ging auf Greta zu. „Denn jeder in der Band ist gleich wichtig. Und wir sollten uns als Team verstehen. Musik vereint doch, oder?"

„Das sehe ich auch so!", heuchelte Greta.

Diese falsche Schlange! Wut stieg in Mia hoch und brannte wie Feuer.

„Wir haben noch eine halbe Stunde. Möchte jemand spontan noch mal vorsingen? Ansonsten werde ich während der nächsten zwei Proben entscheiden, wer sich nun gut eignen könnte."

Mia biss sich auf die Lippe. Eigentlich müsste sie antreten und ihre Chance nutzen. Jetzt erst recht. Ihre Stimme hatte sich gut entwickelt und sie wollte so gerne mit Mats singen, am besten direkt neben ihm vorne auf der Bühne … Aber wäre sie wirklich Gretas Giftattacken gewachsen?

Eigentlich war ihr das zu blöd. Außerdem wurde ihr der Hals schon wieder eng beim Gedanken an ein erneutes Vorsingen vor allen. Mats drehte sich zu ihr um und schenkte ihr ein Lächeln.

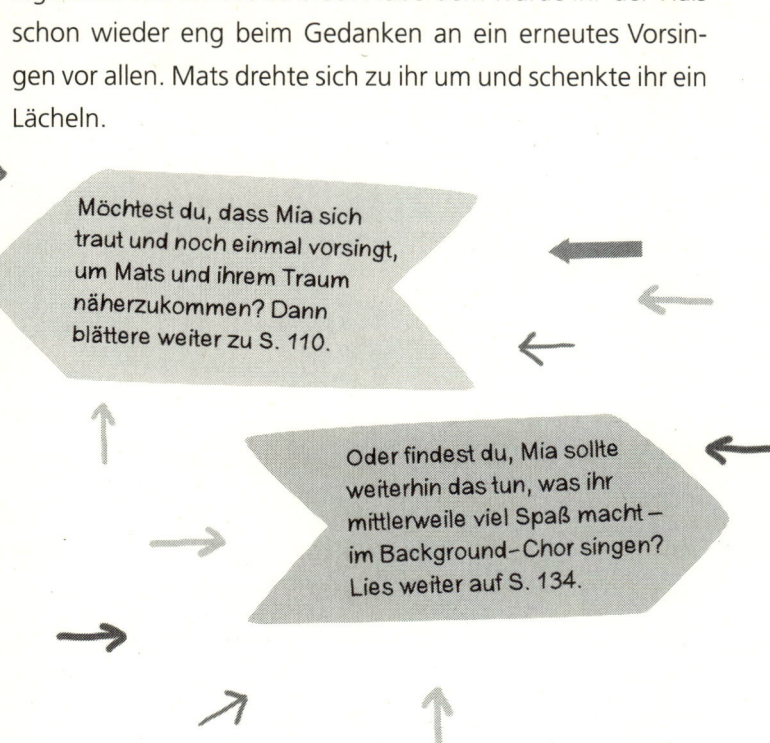

Möchtest du, dass Mia sich traut und noch einmal vorsingt, um Mats und ihrem Traum näherzukommen? Dann blättere weiter zu S. 110.

Oder findest du, Mia sollte weiterhin das tun, was ihr mittlerweile viel Spaß macht – im Background-Chor singen? Lies weiter auf S. 134.

Frau Müller sah die Background-Sänger erwartungsvoll an. Niemand meldete sich.

„Okay, wir machen fünf Minuten Pause. Wenn sich bis dahin keiner entschieden hat, heute vorzusingen, üben wir einfach mit der gesamten Band noch mal das letzte Stück. Falls grundsätzlich niemand zweite Leadsängerin werden möchte, finden wir eine andere Lösung."

Mia war erleichtert über die kleine Auszeit. Sie flitzte zu ihrer Tasche, zog ihr Handy heraus und tippte Line so schnell sie konnte eine Nachricht, in der sie ihr die Situation erklärte.

Keine Minute später erschien Lines Antwort auf Mias Display. Ihre Finger mussten beim Tippen über die Tasten geflogen sein.

Mia, nutz die Chance!! Du hast nichts zu verlieren, im Chor bist du doch sowieso schon. Und was
die olle Greta denkt, ist so was von egal. Wie
wäre es denn mit dem Lieblingslied von deiner
Tante, das du früher so gemocht hast? Das hast du
mir manchmal vorgesungen, wenn ich traurig war.
Bitte, sing, ja? Und lass mich wissen, wie es
gelaufen ist. Ich denk an dich! :-*

Wenn man eine Freundin wie Line hatte, konnte eigentlich gar nicht mehr viel schiefgehen. Als Frau Müller die Pause für beendet erklärte, meldete sich Mia. „Ich möchte gerne vorsingen."

Gretas Augen wurden schmal, Frau Müller sah begeistert aus. „Wow, das finde ich super, Mia. Hast du dir ein Lied überlegt?"

„Ja, hab ich." Sie hatte sich vorgenommen, während ihrer Performance nicht ein einziges Mal Greta anzusehen. Stattdessen hatte Mia sich einen Punkt an der hinteren Wand ausgesucht, den sie fixieren wollte. Aber sobald sie angefangen hatte zu singen, blieb ihr Blick an Mats' Gesicht hängen. Er wich ihr nicht aus, sondern lächelte sie fröhlich an. Mia legte ihr ganzes Gefühl in die Stimme. Als sie fertig war, atmete sie tief durch und blickte in staunende Gesichter. Vielleicht hatte ihr niemand zugetraut, so zu singen, was nach dem letzten Casting eigentlich auch kein Wunder war. Mats begann laut zu klatschen und die anderen stimmten ein. Sogar Greta hätte sich fast mitreißen lassen.

Frau Müller erhob sich. „Na, Mia, da brauche ich nicht mehr viel zu sagen. Du bist Leadsängerin! Glückwunsch."

Den Rest der Probe über war sie einfach nur glücklich. Ihr Hochgefühl wurde noch verstärkt, als sie Line vor der Schule entdeckte, die extra schnell hergeradelt war, um sofort zu hören, wie das Vorsingen gelaufen war. Sie eilte auf Mia zu. „Und?"

Mia umarmte ihre Freundin. „Ich hab es geschafft!"

„Hab ich es doch gesagt!" Line löste sich aus der Umarmung und sah Mia in die Augen. „Und jetzt startest du so richtig durch. Mit Mats, und überhaupt, meine ich." Sie strahlte.

„Versprochen?"

„Ich werde mein Bestes geben."

Tatsächlich fühlte sich Mia Mats ganz nah, wenn sie gemeinsam sangen. Nicht nur, weil sie dann neben ihm stand, sondern auch irgendwo in ihrem Herzen. Dieser Nähe konnten auch Gretas genervte Sprüche nichts anhaben. Bei jeder Probe sahen Mia und Mats sich jetzt tief in die Augen. Doch sobald das Lied verklungen oder die Probe beendet war, passierte nichts mehr. Mats und Mia gingen nach Hause, als wäre nichts gewesen. Wurde dieses wundervolle Gefühl nur durch die Musik geweckt? Es fühlte sich für Mia so an, als gäbe es zwei Welten: einmal die der Klänge und des Bauchbritzelns und einmal die ganz normale Schulwelt, in der sie und Mats sich zwar auch ab und an begegneten, aber keinen Schritt aufeinander zu machten. Das konnte doch so nicht weitergehen!

Wenn Mia abends im Bett lag, musste sie immerzu an Mats denken, doch meistens hörte sie im Geiste dazu irgendein Lied. Es war wunderbar, dass sie die Welt der Musik teilten. Andererseits war Mia aber auch neugierig, wie es mit ihr und Mats ganz außerhalb von Noten und Klängen laufen würde.

Bei der nächsten Probe würde sie auf ihn zugehen. So jedenfalls dachte sie Abend für Abend. Am Probentag musste sie
sich aber doch noch von Line so einige Mutkicks abholen, um
sich wirklich zu trauen.

Was soll Mia tun? Sich bei
den Bandproben etwas für
Mats und sich überlegen?
Lies weiter auf S. 115.

Oder soll sie versuchen,
Mats auch mal außerhalb der
Band zu treffen, und ihn um ein
Date bitten? Dann blättere
weiter zu Seite 125.

Privatprobe
mit Mats

In der nächsten Probenpause versuchte es Mia mit einem Trick. Sie zählte bis zehn und ging dann schnurstracks auf Mats zu. Dabei zählte sie erneut bis zehn, um sich keine Chance zu geben, es sich anders zu überlegen. Plötzlich stand sie direkt vor ihm. „Ich wollte dich fragen, ob wir auch mal ein Spielteam bilden wollen." Ach herrje, das war irgendwie falsch rausgekommen.

„Ein Spielteam?", hakte Mats überrascht nach.

„Ja, also, ich meine so zum Aufwärmen, vielleicht bei der nächsten Bandprobe. Zum Beispiel."

Mats überlegte einen Moment und Mia bereute jedes einzelne Wort. Warum hatte sie gezählt und nicht doch besser noch mal nachgedacht?

„Ein Instrument spielen kann ich nicht so gut, aber vielleicht könnten wir gemeinsam etwas entwickeln."

Eigentlich sangen sich die Sänger gemeinsam ein und die Musiker spielten sich in Teams warm. Darüber hatte Mia nicht nachgedacht, sie wollte einfach nur etwas mit Mats machen, ihm näherkommen, mit ihm lachen. Sie trat von einem Fuß auf den anderen.

Mats kam ein Stück auf sie zu und senkte die Stimme. „Wie wäre es, wenn wir nach der Probe noch ein bisschen bleiben? Die Schule ist länger offen, nachher ist doch noch Theater-AG in der Aula."

„Ja", rief Mia viel zu laut, und einige aus der Band drehten sich zu ihnen um. „Also, ich meine, gerne", flüsterte sie und lächelte. Unglaublich, dass Mats sie das gefragt hatte, sie musste doch total wirr rübergekommen sein. Frau Müller trommelte zwar schon wieder alle zusammen, Mia tippte aber noch schnell eine Nachricht an Line in ihr Handy.

```
Hab gleich eine
Privatprobe
mit Mats. ER
hat MICH ge-
fragt.
```

Line antwortete sofort mit einem fetten Smiley und einem Glückskleeblatt.

Nach der Probe konnte Mia es kaum erwarten, dass alle ihre Sachen packten und den Raum verließen. Mats hatte noch etwas mit Frau Müller zu besprechen; bestimmt fragte er sie, ob er noch mit Mia üben und im Raum bleiben durfte. Alle hatten es eilig, nach Hause zu kommen – alle bis auf Greta. Sie trödelte beim Einpacken ihrer Noten und legte es gezielt darauf an, im Raum zu bleiben, solange Mats noch da war. Dabei ließ sie auch Mia nicht aus den Augen. Kaum ging Mats von Frau Müller rüber zu seinem Platz, stürzte Greta sich auf ihn.

„Hey Mats, wollen wir wieder zusammen den Bus nehmen?" Wenn ihre Wimpern Geräusche machen könnten, hätten sie jetzt unaufhörlich geklimpert.

Mats sah sich zu Mia um. „Nee, ich bleibe heute länger hier. Mia und ich wollen noch was üben." Das hatte kein bisschen gequält geklungen, eher fröhlich und vielleicht sogar ein wenig stolz.

Greta fiel die Kinnlade runter. „Noch üben?" Sie warf Mia einen vernichtenden Blick zu. „Na dann, viel Spaß euch beiden!" Sie rauschte aus dem Musikraum. Mats sah ihr kurz hinterher, zuckte dann mit den Schultern und kam zu Mia herüber. Er setzte sich direkt neben sie.

„Wie machen wir es am besten?", fragte Mats vorsichtig.

Es war, als würden elektromagnetische Wellen von ihm ausgehen. Mias Herz klopfte. Sie sprang auf, dabei fiel ihr Stuhl nach hinten um. „Oh", murmelte sie und hob ihn umständlich wieder auf. Sie musste sich an irgendetwas festhalten. Also holte sie ihre Gitarre und kam mit ihr zurück zu Mats. Dann begann sie einfach zu spielen, denn es war das Einzige in diesem Moment, das ihr gelingen würde. Sie spielte einfach die Lieder, die ihr in den Kopf kamen, und Mats sang dazu. An manchen Stellen sang er so gefühlvoll, dass Mia spürte, wie sich die Härchen an ihren Armen aufstellten. Sie schwebten in einem gemeinsamen Rhythmus davon.

„Also, das klingt wirklich super, aber ich will jetzt abschließen!"

Mia zuckte so heftig zusammen, dass ihr fast die Gitarre aus den Händen gerutscht wäre. Der Hausmeister hatte seinen Kopf zur Tür hereingesteckt.

NOCH FÜNF MINUTEN ...

„Ist die Theater-AG schon vorbei?"

„Ja! Habt ihr keine Uhr?", fragte der Hausmeister belustigt.

„Doch, schon", sagte Mats. Zu Mia gewandt fügte er leise hinzu: „Aber wir haben wohl völlig die Zeit vergessen." Er strahlte sie an.

Es war einer der schönsten Nachmittage überhaupt gewesen und Mia spulte am Abend jeden einzelnen Moment wieder und wieder in ihrem Kopf ab, bevor sie irgendwann mit einem seligen Lächeln einschlief.

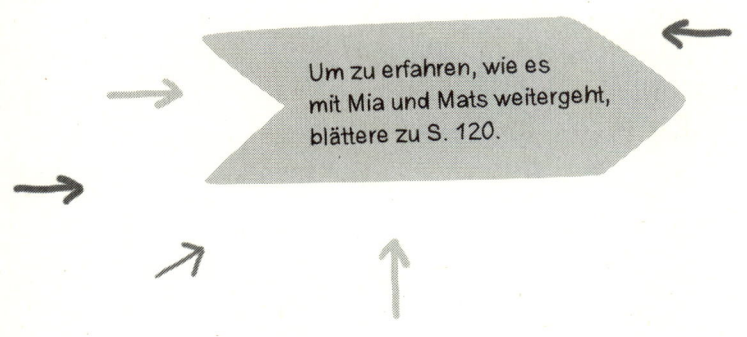

Um zu erfahren, wie es mit Mia und Mats weitergeht, blättere zu S. 120.

Aftershow-Party

Leider gab es während der nächsten Wochen keine Wiederholung. Mia genoss jede Begegnung mit Mats, sein Lächeln und natürlich seine wunderschöne Stimme, ob auf dem Schulhof oder während der Proben, aber es gab keine gemeinsame Zauberzeit mehr wie an dem Nachmittag, als sie zusammen Musik gemacht hatten. Vielleicht ließ sich so etwas Besonderes ja auch gar nicht wiederholen, dachte Mia enttäuscht. Das Lied von Justin Timberlake, das Mats beim Casting gewählt hatte, war mittlerweile fester Bestandteil ihres Band-Repertoires. Mia war sich sicher, dass sie sich nicht nur einbildete, dass Mats immer nur ihren Blick suchte, wenn er *Can't stop the feeling* sang. Bei dem Lied konnte man einfach nur gute Laune bekommen.

CAN'T STOP THE FEELING

Kurz vor dem Konzert zum Halbjahreswechsel war die Band so weit, dass auch alle anderen Lieder gute Laune machten. Es lief wie geschmiert und die Band hatte sich wunderbar aufeinander eingespielt.

Es war deshalb keine Überraschung, dass das Konzert in der Aula ein voller Erfolg wurde. Sogar Greta hatte endlich Ruhe gegeben und akzeptiert, dass Mia eben einfach auch ab und zu vorne stand und sang. Sogar im Duett mit Mats, was vor allem die Mädchen im Publikum in Begeisterungsstürme versetzte. Als das letzte Lied gespielt war, winkte Mia Line zu, die in der ersten Reihe von ihrem Sitz aufgesprungen war. Mia hatte es nur ihr zu verdanken, dass sie hier vor allen hatte singen können. Mats wirkte überglücklich, kein Wunder, er hatte eine Megaperformance hingelegt.

Mia sah ihn an und der Gedanke an die bevorstehende dreiwöchige Probenpause hinterließ ein flaues Gefühl. Frau Fährle brummte der Band, dem Orchester und der Theater-AG zu jedem neuen Halbjahr eine Pause auf, damit die Schüler sich erst mal voll und ganz auf die Vormittage und den Unterricht konzentrieren konnten. Mia und Mats würden sich in den nächsten Wochen immer nur mal kurz auf dem Schulhof sehen, und das war es.

Mats hatte es eilig, von der Bühne herunterzukommen. Er packte hastig seine Noten zusammen und verschwand ohne ein weiteres Wort. Mist. Was war das denn jetzt? Line war auf die Bühne geklettert und umarmte ihre Freundin voller Stolz.

„Hey, was ist los, warum lässt du nach solch einem genialen Konzert die Schultern hängen?", erkundigte sie sich.

„Ich musste nur gerade daran denken, dass ich Mats jetzt erst mal viel weniger sehen werde. Außerdem ist er eben einfach so verschwunden." In Mias Kopf machte sich ein fieses Bild breit. „Vielleicht trifft er sich gerade mit seiner Freundin und feiert mit ihr seinen Auftritt."

Line stemmte die Hände in die Hüften. „Er hat doch gar keine Freundin, oder?"

„Weißt du das mit Sicherheit?", fragte Mia traurig.

„Na ja, nee, aber das hätte man doch mitbekommen."

In diesem Moment kribbelte es in Mias Hosentasche. Sie zog ihr Handy heraus, das sie für das Konzert auf Lautlos gestellt hatte. Es war eine Nachricht von Mats.

Lust auf eine private Aftershow-Party? Bin im kleinen Musikraum. Bis gleich? Mats

Es war, als würde jemand in Mias Bauch ein Freudenfeuer entzünden, das sich blitzschnell in ihrem gesamten Körper ausbreitete. Line legte ihr eine Hand auf den Arm. „Hey, was ist los? Du bist plötzlich so rot im Gesicht!"

Mia hielt Line ihr Handy hin. Die las und grinste breit. „Worauf wartest du noch?" Line gab ihrer Freundin einen sanften Schubs. Mia griff nach ihrer Gitarrentasche und trabte los. Sie drehte sich noch mal zu Line um und winkte ihr kichernd zu.

Der kleine Musikraum war ganz in der Nähe des Probenraums und Mia achtete darauf, dass niemand mitbekam, wohin sie ging. Vorsichtig öffnete sie die Tür und trat ein. Mats saß vorn auf dem Tisch und grinste. Neben ihm stand eine rote Rose in einer Vase, umringt von Teelichtern. „Danke, dass du gekommen bist."

Wie blöd müsste ich sein, wenn ich solch einer Einladung nicht folge, dachte Mia und ging mutig auf Mats zu, der vom Tisch sprang und direkt vor ihr landete. Er stand so dicht vor ihr, dass Mia wieder seinen frischen, holzigen Geruch und seine Wärme wahrnahm.

„Du hast so schön gesungen", sagte Mats, überreichte ihr die Rose und strich Mia zärtlich eine Haarsträhne aus dem Gesicht.

Sie sah ihm in die Augen, legte ihre Arme um Mats und kam seinem Gesicht ganz nahe. „Danke. Und du erst." Er beugte sich zu ihr, bis seine weichen Lippen vorsichtig ihre berührten. In Mias Bauch ging es zu wie ihm Song *Can't stop the feeling*. Schmetterlinge tanzten wild um die Wette im Takt von Mias Herzschlag.

Diese Aftershow-Party toppte alles, was sie bisher mit Mats erlebt hatte. Hoffentlich dauerte sie eine Ewigkeit.

Ende

Hals- und Beinbruch

Das Glück war auf Mias Seite, denn nach der Probe hatte Mats es im Gegensatz zu allen anderen nicht eilig, nach Hause zu kommen. So konnte Mia sich voll und ganz auf sein Tempo einstellen und „zufällig" gleichzeitig mit ihm die Schule verlassen. „Das war eine gute Probe heute", sagte sie, als er ihr die Tür aufhielt und sie gemeinsam rausgingen.

„Ja, stimmt, wir werden immer besser."

So Mia, jetzt oder nie, feuerte sie sich selbst an. „Wollen wir mal etwas außerhalb der Proben zusammen machen?" Sie bemühte sich, so selbstverständlich wie möglich zu klingen.

„Na klar, warum nicht? Woran hast du denn gedacht?"

Mia hatte sich extra etwas überlegt, das überhaupt gar nichts mit Musik zu tun hatte. „Ich hab seit einer Weile Inlineskates und du fährst doch Skateboard, oder? Da könnten wir doch vielleicht mal ein paar Runden zusammen drehen."

„Klingt super. Wie wäre es mit morgen?"

Volltreffer. Morgen klang wie Musik in Mias Ohren.

„Das passt! Wollen wir uns auf der Skaterbahn hinter dem Park treffen? Da gibt es auch eine Halfpipe."

„Ja, ich weiß, da bin ich ganz oft."

Mia tat überrascht, aber natürlich hatte sie sich über Lines Bruder, der einen Skaterkumpel von Mats kannte, vorher erkundigt, um etwas vorzuschlagen, das bei Mats gut ankommen würde.

„Passt es dir um vier?"

„Ja, okay. Bis morgen!" Mats lächelte Mia ein paar Momente länger als gewöhnlich an, bevor er zur Bushaltestelle schlenderte.

Zu Hause berichtete Mia Line von der Aktion.

```
Ich finde es supermutig, dass du ihn angesprochen
hast! Aber meinst du, das mit dem Skaten war
eine gute Idee? Als wir das
letzte Mal zusammen gefahren
sind, warst du mehr am Boden
als irgendwo anders.
```

Da hatte Line natürlich recht. Andererseits wollte Mia herausfinden, ob sie und Mats sich auch verstanden, wenn es mal nicht um Musik ging, sondern um ein anderes Thema. Und da eignete sich sein Lieblingssport doch besonders gut.

Ich übe heute noch ein bisschen. Du musst morgen Nachmittag einfach ganz doll an mich denken. Erst mal sehen wir uns in der Schule. Leider. Ich wünschte, ich könnte das überspringen. Bis morgen!

Line antwortete mit ein paar Lachgesichtern. Klar würde ihre Freundin an sie denken. Blieb nur zu hoffen, dass das ausreichte und Mia sich nicht zu blöd anstellen würde.

Mats wartete bereits am Eingang der Anlage, sein Skateboard unter dem Arm, als Mia eintraf. Sie war noch mal zurückgefahren, weil sie ihre Knieschützer vergessen hatte. Wenn sie die trug, fühlte sie sich sicherer und konnte hoffentlich geschmeidiger fallen, falls sich das nicht vermeiden ließ.
„Hi!", rief Mats ihr freudestrahlend entgegen.
„Hey!"
Mats stellte sein Skateboard auf den Boden und setzte einen Fuß darauf. „Dann wollen wir mal! Ein paar meiner Kumpel sind auch schon da!" Er fuhr voraus und gab Mia ein Zeichen, ihm zu folgen. Mist. Das hatte sie natürlich nicht bedacht. Mia lief Mats hinterher, so schnell sie konnte, und war froh, noch nicht ihre Skates an den Füßen zu haben. Auf einer Bank an der Halfpipe legte sie ihren Rucksack ab.

„Hey Leute, das ist Mia!", rief Mats seinen Freunden zu, die zum größten Teil oben auf der Rampe standen. Einige sahen belustigt aus, andere nickten nur cool. Es war zwar irgendwie süß, dass Mats Mia vorstellte, aber jetzt war die Hemmschwelle zu skaten noch größer. Mit ihm, dem Skateboard-Crack.

„Ich ziehe mal eben meine Inliner an", sagte Mia und klang dabei wie der Hase vor der Schlange.

„Ist gut! Ich fahr so lange." Mats schwang sich auf die Rampe, und sobald sie frei war, stürzte er sich hinunter. Auf der anderen Seite wagte er sogar einen kleinen Sprung. Das konnte ja heiter werden! Wenigstens gab es hinter der Rampe eine Bahn mit glatter Oberfläche, wo man einfach so seine Runden drehen konnte. Das würde Mias erstes Ziel sein, wenn sie es endlich geschafft hatte, die Schnallen fest genug einzustellen. Sie schwitzte schon, ohne einen Schritt geskatet zu sein, als sie endlich die Schuhe anhatte. Schnell zog sie noch die Schützer über.

Mats stand wieder neben ihr. Im Gegensatz zu Mia sah er frisch aus, obwohl er eben Akrobatisches geleistet hatte. „Ich würde gerne erst mal auf der Bahn da drüben fahren."

„Gut!", rief Mats, schwang sich auf sein Board und fuhr rüber. Mia folgte ihm, es dauerte jedoch eine gefühlte Ewigkeit, bis sie den Weg zur Bahn bewältigt hatte, die höchstens zehn Meter entfernt lag. Line hatte richtig gelegen: Das

Ganze war eine total blöde Idee. Mia fuhr einfach noch nicht sicher genug, um auch bei Aufregung lässig auszusehen.

Mats hatte sein Skateboard zur Seite gelegt und kam auf sie zu. „Na, lange nicht gefahren?", sagte er freundlich und reichte ihr die Hände.

Mia griff zögernd danach. Sie genoss Mats' Berührung und sein zuckersüßes Lächeln. Endlich konnte sie sich ein bisschen entspannen und sein Halt gab ihr den Mut, Schwung zu holen. Sie lächelte erleichtert, doch plötzlich stolperte sie, kam ins Trudeln, rollte mit den Beinen nach hinten, stürzte mit voller Wucht auf Mats und riss ihn mit zu Boden. Das konnte doch einfach nicht wahr sein. Was hätte sie dafür gegeben, sich in diesem Moment irgendwo hinzubeamen, sodass Mats jetzt allein auf dem Boden liegen würde und sie ihn nicht ansehen müsste. Oder, besser gesagt, berühren. Ihre Wange berührte seine, zudem lag sie halb auf ihm. Hatte sie schon jemals etwas Peinlicheres erlebt?

Uuaaahhhhh!

Mats rappelte sich hoch und half Mia aufzustehen.

„Da bist du wohl über einen Stein gefahren. Hast du dir wehgetan?", fragte er besorgt und blickte auf ihr aufgeschürftes Knie. Einer der Knieschützer war bei dem Sturz verrutscht.

„Geht schon", flüsterte Mia beschämt. „Und du?"

„Alles okay. Ich besorge dir mal eben ein Pflaster!" Schon war er auf und davon. Mias Knie puckerte. Blitzschnell war Mats mit einer kleinen Verbandstasche zurück. „Die hab ich hier auch schon öfter gebraucht." Wie süß von ihm. Bestimmt sagte er das einfach nur, um ihr ein gutes Gefühl zu geben.

„Ich sprühe da mal eben Desinfektion drauf, keine Angst, das tut nicht weh. Ist nur kühl."

Mia beobachtete, wie Mats sorgsam ihre Wunde verarztete. „Ich kann mir vorstellen, dass du jetzt keine Lust mehr auf Skaten hast, oder?", fragte er, als er das Pflaster vorsichtig aufgeklebt hatte.

Mia ließ den Kopf sinken. „Nicht so richtig."

„Ist doch nicht schlimm. Zieh am besten die Inliner aus und dann gehen wir einfach woanders hin. Wenn du gehen kannst."

Mia rollte zurück zur Rampe, zog ihre Skates aus und packte sie wieder in den Rucksack. Sie bemühte sich, ganz normal zu gehen, um die Situation nicht noch peinlicher werden zu lassen.

„Wollen wir uns da hinten auf die Wiese setzen?" Mats' Stimme war warm und aufmunternd.

„Hm." Mia zuckte mit den Schultern. An den hinteren Teil der Wiese grenzte zum Park hin ein kleines Waldstück. Sie setzten sich in den Schatten der Bäume.

„Dein Knie sieht schon etwas besser aus", stellte Mats fest.

„Hm", brummte Mia, noch immer sauer auf sich selbst.

„Wie wäre es mit ein wenig Aufheiterung? Wir könnten was zusammen singen. Mal etwas, das nur wir uns aussuchen zur Abwechslung. Wie wäre es mit *All of me*? Da gibt es so eine Version von Jason Cheng und Madilyn Bailey, die singt sich gut im Duett."
Er grinste.

Anscheinend hatte nicht nur sie sich auf das Treffen vorbereitet. Mia erinnerte sich an Luisa, mit der sie sich letzte Woche über schöne Duette unterhalten hatte. „Hast du vielleicht zufällig Luisa ausgequetscht?" Mia rückte ein Stück näher an Mats heran und kicherte.

„Ertappt. Wie wär's?"

Mia überlegte nicht lange und begann einfach drauflos zu singen. Einzig die Fichten waren ihre Zuhörer. Was hatte sie nach dem Skateauftritt schon noch zu verlieren? Sie gab alles, schließlich kannte sie den Song in- und auswendig. Mats' Stimme fügte sich harmonisch in Mias Gesang ein.

Nach den letzten Tönen legte Mats den Kopf leicht zur Seite und sah ihr tief in die Augen. „Du bist echt toll", sagte er mit einer Leichtigkeit, als würde er täglich einem Mädchen solche Komplimente machen.

„Danke", hauchte Mia. Du auch, dachte sie, aber ihr fiel es nicht so leicht, das auch zu sagen. Den Rest des Nachmittags über suchte Mia nach einer Möglichkeit, das Ungesagte wieder aufzugreifen, doch es passte einfach an keiner anderen Stelle mehr. Als die beiden sich voneinander verabschiedeten, hatte Mia das Gefühl, etwas Wichtiges verpasst zu haben.

Mats stieg in seinen Bus und winkte. Mia rief ihm alles Mögliche zu, allerdings nur in Gedanken. Du bist auch toll! Und siehst so hammermäßig aus! Außerdem krieg ich bei deiner Stimme eine Gänsehaut! Danke, dass du nicht gelacht hast nach meinem Sturz! Ich hab mich heftig in dich verliebt! Und so weiter. Sie stand an der Haltestelle, bis ihr nichts mehr einfiel und der Bus längst nicht mehr in Sichtweite war.

Zu Hause berichtete sie Line von dem Nachmittag. Statt ihr zu schreiben: *Hab ich doch gesagt, dass das keine gute Idee war*, machte sie Mia Mut für die kommende Zeit und all die romantischen Situationen, die ihr mit Mats noch bevorstanden.

Doch so sehr Mia es sich auch wünschte, Romantik kam zwischen Mats und ihr in nächster Zeit nicht mehr auf. Es gab zwar klitzekleine schöne Momente, wenn sich ihre Blicke trafen, aber das war es auch schon. Mats Freunde in der Schule nahmen ihn auf die Schippe, weil er sich mit einem Schnulzen singenden Mädchen getroffen hatte, das noch nicht mal skaten konnte. Das hatte sich nämlich rumgesprochen, wahrscheinlich über die Freunde vom Skaterpark. Einmal bekam Mia auf dem Schulhof mit, wie Mats' Freunde

Sänger am Mikrofon imitierten und sich darüber kaputtlachten. Das setzte Mats ganz schön zu, das konnte er nicht verbergen. Mia hatte den Eindruck, dass er es nach dieser Aktion vermied, ihr in die Augen zu sehen. Und als wäre das nicht genug, sparte auch Greta weiterhin nicht an Zickenterror. Bei jeder Probe schoss sie mindestens einen Giftpfeil in Form eines bösen Blickes oder fiesen Spruches in Mias Richtung ab.

So empfand Mia die Wochen bis zum ersten Konzert als ein endloses Auf und Ab. Mal war sie glücklich, weil es mit der Band so gut lief und weil Mats sie angelächelt hatte, dann war sie wieder enttäuscht, weil Mats sie mied oder sie wieder mal Ziel von Gretas Gemeinheiten gewesen war. Das einzig Stetige in dieser Zeit war wie so oft Line. Sie machte ihrer Freundin Mut, hatte immer ein offenes Ohr und Tipps für mehr Gelassenheit parat, die Mia die Situation ein bisschen erträglicher machten.

Trotzdem hatte Mia manchmal das Gefühl, dass sogar Line sich mehr auf ihren Auftritt freute als sie selbst.

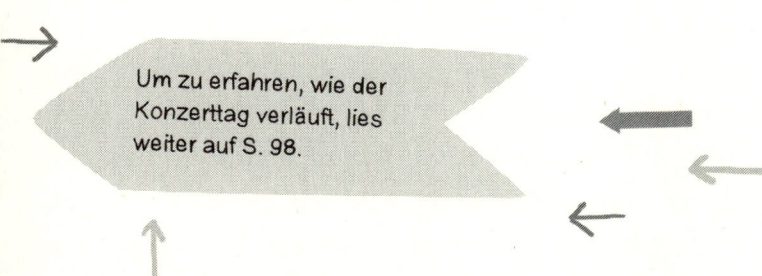

Um zu erfahren, wie der Konzerttag verläuft, lies weiter auf S. 98.

Alles wegen Greta

Niemand meldete sich, der Anna-Lena ersetzen wollte. Mia hatte sich ganz bewusst dagegen entschieden. Ihr Platz war im Chor, so weit wie möglich weg von Greta. Allerdings leider auch weiter weg von Mats. Greta nutzte jede Chance, um sich an ihn heranzuschmeißen. Wenn er nicht über ihre blöden Witzchen lachte oder ihr nicht zuhörte, wandte Greta sich in den Pausen Niko, dem Bassisten, zu. Der schien allerdings wenig angetan. Und auch Mats musste dieses Spiel doch irgendwann kapieren. Mia hatte es schließlich auch sofort durchschaut. Und ihr war aufgefallen, dass Greta immer dann, wenn Frau Müller in ihre Richtung schaute, eine nette, umgängliche Person war. Wenn ihre Musiklehrerin aber mit der Aufmerksamkeit woanders war, fuhr Greta gnadenlos ihre Krallen aus. An manchen Tagen war Mia davon so genervt, dass sie mit dem Gedanken spielte, wie Anna-Lena die

Band zu verlassen. Line, mit der sie am Abend die Sonne im Garten genoss, hielt natürlich dagegen.

„Wegen der? Das ist doch nicht dein Ernst, oder?"

Mia seufzte. „Es nervt mich einfach so, und die Jungs kapieren gar nichts."

Diese Aussage war für Line natürlich ein gefundenes Fressen.

„Da kannst du lange warten, bis die was checken. Du musst es selbst in die Hand nehmen! Vielleicht kommst du ja sogar dahinter, warum sich Greta so verhält. Vielleicht ist sie eigentlich nur unsicher, überspielt es aber."

Mia dachte vor dem Einschlafen noch lange über Lines Worte nach. Bisher hatte sie Greta immer nur als zickige Prinzessin gesehen, aber musste sie nicht auch nette Seiten haben? Die hatte doch jeder Mensch, oder?

Bei der nächsten Bandprobe versuchte Mia, Greta mit anderen Augen zu sehen. Die machte ihr das aber alles andere als leicht. In der Pause giftete sie Fiona an, die mit Mia background sang, weil die angeblich ständig die Töne nicht traf. Frau Müller war gerade nicht im Raum, dafür aber Mats, Nevio und Niko. Fiona, die ohnehin oft an sich zweifelte, war den Tränen nahe. Das konnte Mia nicht mit ansehen.

„Ich habe nicht den Eindruck, dass Fiona falsch gesungen hat. Sonst hätte doch auch Frau Müller etwas gesagt."

„Nee, da war kein einziger falscher Ton dabei!", stellte Nevio sachlich fest.

Greta sah aus, als hätte man sie mit einem faulen Ei beworfen. Sie wandte sich an Mia. „Was mischst du dich denn da ein? Du bist doch auch so eine Möchtegern-Sängerin."

Wow, das saß. Mats stand einfach da und sagte keinen Ton. Niko, der gerade noch leise seinen Bass gestimmt hatte, trat neben Mia.

„Mir ist nicht ganz klar, was du in einer Band willst", sagte er zu Greta. „Wenn du an allen etwas auszusetzen hast, dann mach doch allein Musik." Er lächelte Mia an, dann ging er zurück zu seinem Instrument.

Mia sah ihm dankbar nach. Sie versuchte krampfhaft, sich daran zu erinnern, dass sie doch eigentlich Gretas gute Seiten entdecken wollte. „Sing du doch die Stelle mal vor, vielleicht können wir was von dir lernen", sagte sie zu Greta. Dabei stellte sie sich demonstrativ neben Fiona.

Greta wurde feuerrot. „Das hab ich doch gar nicht nötig! Das müsst ihr schon selbst hinkriegen", zischte sie und wandte sich Mats zu. „Ich wollte dich noch etwas fragen. Können wir das eben draußen besprechen?"

Mia hoffte, Mats würde Greta eine Abfuhr erteilen, aber er schaute nur verdutzt drein und taperte hinter ihr her auf den Flur. Hatte Greta ihn nur unter einem Vorwand aus dem Raum gelockt, weil sie eigentlich total unsicher war?

Fiona rollten nun doch ein paar Tränen über die Wangen. Mia kramte sofort ein Taschentuch aus ihrem Rucksack. „Mach dir nichts aus der, die kann nicht anders. Und du singst gut, sonst wärst du nicht hier in der Band gelandet." Fiona sah Mia dankbar an.

Greta und Mats kamen kurz vor Frau Müller wieder. Kaum hatte ihre Lehrerin den Raum betreten, war Greta wie ausgewechselt. So konnte es nicht weitergehen, fand Mia. Solange es Menschen gab, die Gretas Spiel auch noch mitspielten, würde sich nie etwas ändern. Line hatte ihr geraten, die Sache selbst in die Hand zu nehmen. Und das würde Mia jetzt auch tun.

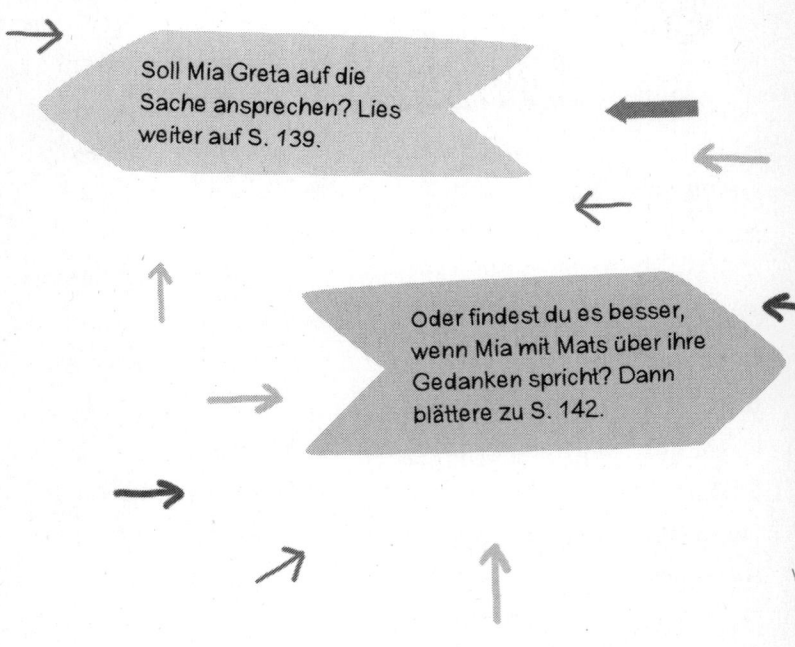

Soll Mia Greta auf die Sache ansprechen? Lies weiter auf S. 139.

Oder findest du es besser, wenn Mia mit Mats über ihre Gedanken spricht? Dann blättere zu S. 142.

Greta auf der Spur

Nach der Probe folgte Mia Greta unauffällig. Manchmal kam Greta mit dem Fahrrad zur Schule, so auch heute. Sie stellte ihr Rad allerdings meistens etwas abseits hinter der Schule ab. Mia schaffte es gerade noch, ihr eigenes Fahrrad zu holen und Greta abzufangen. Sie fuhr neben ihr her, als würde sie das immer tun.

„Na?", sagte Mia beiläufig.

Greta glaubte, ihren Augen nicht zu trauen. „Na? Was soll das denn heißen? Was willst du?"

„Das wollte ich eigentlich dich fragen. Was ziehst du denn da in der Band für eine Nummer ab? Ich kapier das nicht."

Greta bremste schlagartig. „Ich glaub, du hast sie nicht mehr alle", war ihre Antwort. Allerdings klang sie jetzt ein bisschen kleinlauter.

„Kann ja sein, allerdings hab ich genug, um zu wissen, dass

du eigentlich ganz anders bist, als du tust. Was auch immer der Grund für dein Gezicke ist, ich finde es nicht okay, wie du mit uns umgehst. Wir sind eine Band und wollen Musik machen. Oder?" Mia staunte über ihre eigenen Worte.

Greta auch.

„Nicht okay, wie du mit uns umgehst", äffte sie Mia nach. „Dann geh doch zu Frau Müller und beschwer dich von mir aus, wenn du solch einen Kindergarten brauchst."

Mia schluckte. Sie musste sich zusammenreißen, um nicht

ALL YOU NEED IS LOVE ← JUHU!!!!!

das zu sagen, was ihr auf der Zunge lag. Stattdessen dachte sie noch einmal nach.

„Genau das wollte ich aber nicht. Deshalb rede ich jetzt mit dir. Ich will dir die Möglichkeit geben, etwas dazu zu sagen. Vielleicht bist du das nicht gewöhnt, aber das kann sich ja ändern."

Greta sah aus, als wollte sie Mia an den Hals springen. „Ich fahre jetzt weiter und du wirst mir nicht folgen, verstanden? Wenn du es nicht aushalten kannst, dass Mats auf mich steht und nicht auf dich, dann ist das nicht mein Problem. Also lass mich in Ruhe!"

Während der letzten Worte hatte sich Gretas Stimme fast überschlagen. Sie stieg auf ihr Rad und radelte blitzschnell davon.

Das war ja wohl völlig nach hinten losgegangen, aber Mia hatte es wenigstens versucht. Irgendwie tat Greta ihr sogar leid. So wie sie sich benahm, konnte sie sich doch noch nicht mal selbst mögen.

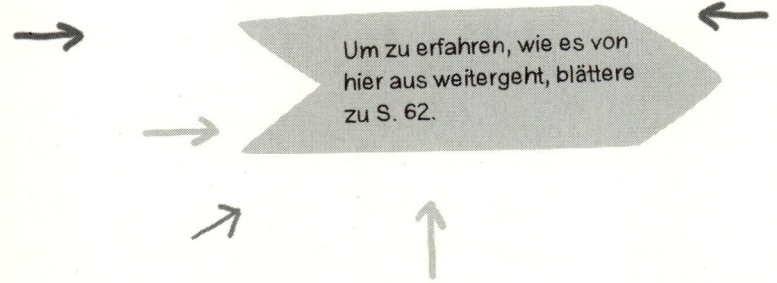

Um zu erfahren, wie es von hier aus weitergeht, blättere zu S. 62.

Herzflattern

Leider war Mats nach der Probe so schnell verschwunden, dass Mia es nicht geschafft hatte, ihn auf die Sache mit Greta anzusprechen. Sie hatte aber keine Lust, eine Woche warten zu müssen, bis sie ihre Frage loswerden konnte. Sie wollte endlich wieder mit Vorfreude zur Bandprobe kommen. Klar, sie hätte auch einfach zu Frau Müller gehen können, um ihr von der Situation zu berichten. Die würde Greta dann vielleicht aus der Band schmeißen. Aber so fies und gemein Greta auch war, diesen Weg wollte Mia nicht gehen. Sie hatte nämlich das Gefühl, dass die Band Greta sehr wichtig war, jedenfalls immer dann, wenn sie mitten in einem Song waren und Greta sich in der Musik verlor.

Mia holte die Liste mit den Adressen aller Mitglieder der Band aus ihrer Gitarrentasche. Mats wohnte in der Buschallee, das war so ziemlich auf der anderen Seite der Stadt. Sollte sie wirklich zu ihm fahren? Würde das nicht wie ein Überfall wirken? Außerdem wusste sie doch gar nicht, ob er überhaupt zu Hause war. Andererseits war Greta drauf und dran, ihn auf ihre Seite zu ziehen, und wenn das so weiterging, hatte Mia keine Lust mehr auf die Band. Was hatte sie also zu verlieren? Wenn sie nicht mehr in der Band war, würde sie Mats noch seltener begegnen und es würde wahrscheinlich nie etwas mit ihnen werden. Bevor Mia aufs Fahrrad stieg, schickte sie Line noch schnell eine Nachricht. Wenn die ihr sagen würde, dass die Idee total daneben war, konnte Mia immer noch umdrehen.

Hey Line, ich bin auf dem Weg zu Mats. Ich will mit ihm über Greta sprechen, denn so geht es nicht mehr weiter. Ich glaube, per Handy kann ich das mit ihm nicht klären. Was meinst du?

Ein paar Straßen später piepte Mias Handy.
Line begann ihre Nachricht mit diversen Sonnenbildern sowie einem Smiley mit Sonnenbrille.

Ich finde das total gut! Dann könnt ihr in Ruhe reden und du siehst gleich mal, wie er wohnt.

Mia hatte sich insgeheim eine solche Antwort gewünscht.

Danke, meine Süße, ich halte dich auf dem Laufenden. :-*

Als Mia in die Buschallee einbog, begannen nicht nur ihre Beine, sondern auch ihr Herz zu flattern. Hoffentlich öffnete Mats die Tür und nicht seine Mutter. Mia schloss ihr Fahrrad an den Metallzaun und betrachtete das freundlich aussehende Reihenhaus mit dem kräuterbewachsenen Vorgarten. Sie erklomm mutig die Stufen bis zur Haustür, atmete einmal kräftig durch und klingelte. Sie hörte, wie ein Kind kreischte und sich schnelle Schritte der Haustür näherten. Ein kleiner Junge, vielleicht vier oder fünf Jahre alt, öffnete die Tür, ein Mädchen im gleichen Alter im Schlepptau.

„Hi", rief der Kleine ihr frech und völlig unerschrocken entgegen. „Wer bist 'n du?"

„Ähm, also, ich bin Mia und ich möchte gerne zu Mats."

Da hörte sie auch schon seine Stimme. Mats tauchte im Flur auf und sah sie fragend an. „Hi!", sagte er verwundert und schien in seinem Kopf zu kramen, ob er irgendetwas verpasst hatte. „Ich war eben im Keller, deshalb war mein Bruder schneller an der Tür."

„Und ich auch!", rief das Mädchen, das aussah wie eine Mini-Pippi-Langstrumpf.

„Das ist meine Freundin Finja!", sagte Mats' Bruder und strahlte.

HAPPY

Mats grinste. „Genau. Und der Kleine hier ist Paul. Ich hab heute Babysitterdienst."

Deshalb war er also nach der Probe so schnell aufgebrochen. Wie süß!

„Komm doch rein", sagte Mats höflich. Es klang aber eher wie: Willst du wirklich reinkommen?

„Gerne." Mia trat vorsichtig in den Flur.

„Wollen wir spielen?", fragte Paul sofort und wollte schon losflitzen, um ein Spielzeug zu holen, doch Mats hielt ihn zurück.

„Nee, hör zu, du hast doch schon jemanden zum Spielen da!"

„Na gut. Und du jetzt auch!" Paul kicherte und Mats lief rot an.

„Ich möchte etwas mit dir besprechen, es geht um die Band", sagte Mia rasch.

„Am besten gehen wir in mein Zimmer, da haben wir ein bisschen Ruhe."

Paul sprang Mia vor die Füße. „Aber wenn ihr fertig seid, spielen wir alle, okay?" Er sah aus wie Mats in klein, einfach zum Knutschen.

„Oje, er wird versuchen, dich zu überreden, sobald er dich wieder zu fassen kriegt", gab Mats zu bedenken, als Mia und er die Treppe hinaufstiegen. Bevor er seine Zimmertür öffnete, sah er Mia in die Augen. „Ich hab nicht aufgeräumt, ich hoffe, es stört dich nicht!"

„Natürlich nicht. Du solltest mal bei mir unangekündigt vorbeischauen."

Mia stellte sich auf einiges ein, als Mats die Tür öffnete, aber mit dem, was sie sah, hatte sie nicht gerechnet.

„DAS nennst du nicht aufgeräumt?" Es lagen lediglich ein paar Hefte kreuz und quer auf seinem Schreibtisch herum, ansonsten war das Zimmer aufgeräumter als Mias, wenn sie sich auf Besuch vorbereitet hatte. An der Wand hingen eingerahmte Noten, ein Poster mit einem Skateboarder und eine Gitarre. „Du spielst auch Gitarre? Das hast du noch nie erzählt!"

„Nur ein ganz kleines bisschen. Die hab ich von meiner Oma geerbt, deshalb ist sie mir wichtig."

Mia schmolz dahin. „Darf ich mich auf dein Sofa setzen?"

„Na klar." Mats ließ sich auf sein Bett fallen.

Mia musste endlich damit rausrücken, warum sie eigentlich hergekommen war, sonst würde er wirklich noch denken, dass sie ihn einfach so überfallen wollte. Leider hatte sie sich vorher keine Gedanken darüber gemacht, wie genau sie ihn auf Greta ansprechen sollte. Sie wusste nur, dass sie mit ihm über die Sache reden musste.

„Ich bin hergekommen, weil ich mit dir über die Band sprechen wollte. Genauer gesagt, über Greta."

„Oh", sagte Mats und hob eine Augenbraue.

„Also, ich finde, sie geht nicht gerade respektvoll mit uns um. Nicht nur mit mir, sondern auch mit den anderen im Background-Chor. Und wenn das so weitergeht, habe ich keine Lust mehr, zur Probe zu kommen."

„Was?", entfuhr es Mats. „Das wäre aber mehr als schade", fügte er ernst hinzu.

„Das finde ich eigentlich auch. Ich will aber nicht Frau Müller darauf ansetzen. Und weil ich gesehen habe, dass du mit Greta zu tun hast, na ja, da dachte ich, du hast vielleicht eine Idee, wie die Stimmung in der Band wieder besser werden könnte."

Ha! Das war genial. Mia hatte den Ball an Mats abgegeben.

Er dachte lange nach, bevor er antwortete. „Ich hab nur in der Band mit ihr zu tun, obwohl … Wir waren schon zusammen in der Kreativ-AG im letzten Schuljahr. Da gab es manchmal auch mit ihr und einem anderen Mädchen, sagen wir mal, Zickenkrieg. Aber mehr kann ich dazu auch nicht sagen."

„Aber wie sie vorhin mit Fiona umgegangen ist, das hast du mitbekommen, oder? Das ist nur ein Beispiel von vielen."

Mats blickte ertappt drein. „Klar, da war ich ja mit im Raum, aber ehrlich gesagt, wollte ich mich da raushalten."

„Soso", sagte Mia – eigentlich im Spaß, aber Mats sah jetzt richtig schuldbewusst aus.

„Dass sie fies zu den anderen ist, ist natürlich nicht in Ordnung und auch nicht gut für die Band." Er überlegte. „Ich

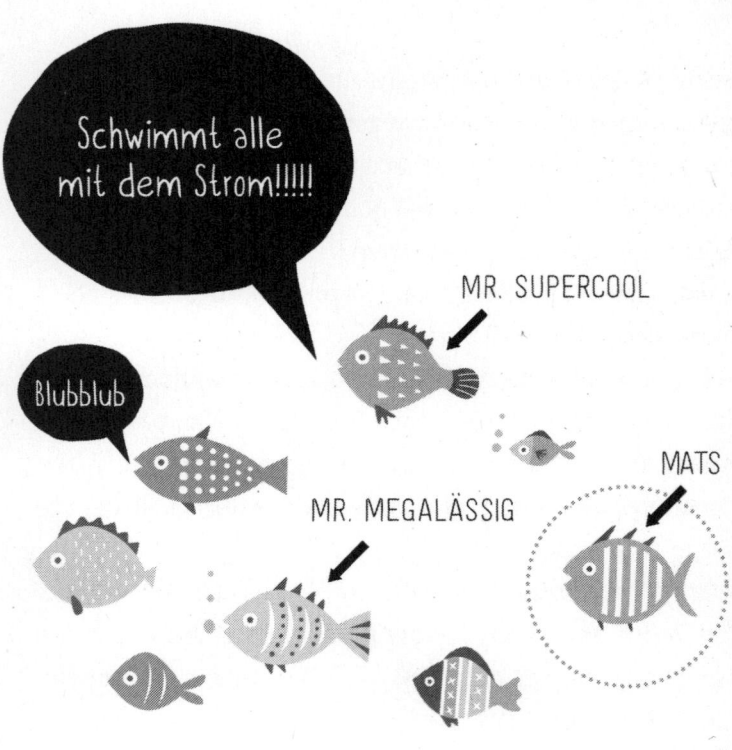

glaube allerdings nicht, dass ich daran wirklich etwas ändern kann."

Mia lehnte sich an das große Kissen hinter ihr. Was genau hatte sie denn von ihm gewollt? Warum wollte sie unbedingt mit ihm über die Sache sprechen? Eine lange Weile herrschte Stille. Mia versuchte, ihre Gefühle so in Worte zu fassen, dass es nicht komisch rüberkam.

„Ehrlich gesagt habe ich auch einen Vorwand gesucht, um mit dir zu reden." Sie hielt inne. Trau dich, sprach Mia sich selbst Mut zu. Es geht um was! „Und du bist einer der Gründe, warum ich mich jeden Mittwoch total auf die Probe freue."

Puuh, jetzt war es raus. Mats' Wangen färbten sich wieder rosa, so wie schon vorhin im Flur. Sein Blick klebte an Mia. Er stand auf und setzte sich neben sie aufs Sofa. Das war so klein, dass sich ihre Beine berührten.

„Und das soll auch so bleiben", sagte Mats sanft.

Mia verlor sich in seinen wunderschön strahlenden blau-grünen Augen. Ihre Gesichter näherten sich einander und Mia hatte das Gefühl, davonzuschweben. Kurz bevor sich ihre Lippen berührten, hörten sie einen lauten Knall, gefolgt von einem kreischenden „Auuuaaa!"

„Mist!" Mats sprang auf und Mia folgte ihm. Sie stürzten die Treppe hinunter. Paul lag auf dem Küchenboden, auf ihm ein Hocker, neben ihm ein umgekippter Stuhl. „Was ist denn hier los?", schrie Mats.

Paul schluchzte nur, doch Finja gab bereitwillig Auskunft. „Paul wollte uns Bonbons aus dem Schrank da oben holen." Mats nahm den Hocker vom Bauch seines Bruders, hob den Kleinen behutsam hoch und nahm ihn in seine Arme. Das Bild rührte Mia zutiefst. „Wo tut es dir weh?", fragte Mats Paul.

„Hier!" Paul zeigte auf seinen Ellbogen. Mia kam eine Idee. „Weißt du was? Ich habe einen echten Zauberbonbon in der Tasche! Wenn man den isst, sind alle Schmerzen auf einen Schlag wie weggeblasen." Sie griff in ihre Hosentasche und suchte nach einem Orangenbonbon, den Line ihr in der Schule gegeben hatte. Paul aß den Bonbon mit Genuss. Mats überreichte auch Finja einen Bonbon aus der Süßigkeiten-dose im Schrank. Beide Kinder waren augenblicklich wieder glücklich und Mats wirkte erleichtert.

„Wollen wir spielen?", rief Paul schmatzend.

„Ein anderes Mal vielleicht, ja? Ich muss jetzt los." Mia strei-chelte Paul über den Kopf, winkte Finja und ging zur Tür. Mats folgte ihr. „Schön, dass du da warst. Ich freue mich schon auf nächsten Mitt-woch." Er lächelte so süß, dass Mia ihn am liebsten auf der Stelle geküsst hätte. Aber das ging natürlich nicht. Ge-rade lugte Paul um die Ecke.

„Wann kommt das nette Mädchen wieder?"

Mats grinste. „Ich hoffe bald."

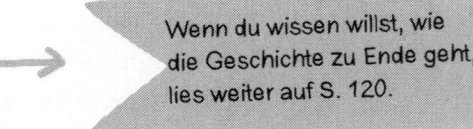
Wenn du wissen willst, wie die Geschichte zu Ende geht, lies weiter auf S. 120.

Wer bist du in einer Band?

1. Hast du ein musikalisches Vorbild, zu dem du aufblickst?

- ☐ Mir ist eigentlich die Musik der Band wichtiger als die Stars.
- ☐ Na klar! Ich will doch mal genauso berühmt und gut sein wie mein Idol.
- ☐ Ich finde viele Musiker ziemlich cool. Von denen kann ich mir bestimmt das eine oder andere abschauen.

2. An deiner Schule gibt es ein Band-Casting. Für welche Rolle in der Band bewirbst du dich?

- ☐ Ich wäre schon gern die Leadsängerin, aber so richtig traue ich mir das noch nicht zu. Ich gehe lieber auf Nummer sicher und bewerbe mich als Background-Sängerin oder spiele ein Instrument.
- ☐ Ich bin eher ein Behind-the-Scenes-Girl. Ich liebe die Stimmung rund um die Band, stehe aber ungern selbst im Rampenlicht.
- ☐ Als Sängerin natürlich. Ich singe total gern und auch richtig gut. Es ist ein wahnsinnig tolles Gefühl, wenn mir das Publikum zujubelt.

3. Deine beste Freundin ist total unmusikalisch. Sie selbst merkt das aber nicht und will auch in deiner Band mitmachen. Wie reagierst du darauf?

- ☐ Schwierig! Ich will sie nicht verletzen, aber in die Band passt sie einfach nicht. Ich versuche ihr die Idee auszureden, indem ich sie darin bestärke, dass ihre Talente woanders liegen.
- ☐ So gern ich sie auch habe: Ich sage ihr offen, dass sie nicht musikalisch genug ist. Das erspart meiner Band so manchen schiefen Ton.
- ☐ Gute Frage! Ich hätte sie schon gern um mich, aber auf die Bühne können wir sie echt nicht lassen. Ich schlage ihr vor, als Bühnenhelferin mitzumachen und so auch Teil der Band zu sein.

4. *Welches Outfit wählst du für den nächsten Bandauftritt?*

- ☐ Egal, Hauptsache es flasht und erweckt Aufmerksamkeit!
- ☐ Das neue Top. Oder doch eher ein Kleid? Mal gucken, was die anderen tragen …
- ☐ Darüber habe ich mir noch keine Gedanken gemacht. Wahrscheinlich werden es wieder Jeans und irgendein T-Shirt.

5. *Deine Band macht bald eine Tournee durch Deutschland. Was hältst du davon?*

- ☐ Cool. Das wird bestimmt total super. Wir werden so viel Spaß haben!
- ☐ Davon hab ich schon immer geträumt! Wir werden berühmt!
- ☐ Das finde ich, ehrlich gesagt, nicht so toll. Ich werde meine Freunde vermissen – es sind ja nicht alle in der Band.

6. *Mit welchen der folgenden Wörter würdest du deine Rolle in der Band am ehesten beschreiben?*

- ☐ zuverlässig, unterstützend, unkompliziert
- ☐ witzig, spontan, lässig
- ☐ flippig, unterhaltend, sexy

7. *Machst du online Werbung für euren nächsten Bandauftritt?*

- ☐ Sicher, die anderen zählen schließlich auf mein Organisationstalent und meine guten Kontakte, um die Werbetrommel zu rühren.
- ☐ Natürlich! Schon Wochen vorher. Der Auftritt wird grandios und es sollen möglichst viele meiner Freunde kommen.
- ☐ Ich verlasse mich auf Mund-zu-Mund-Propaganda und freue mich auf ein kleines, aber feines Konzert.

8. Eure PR-Expertin ist krank geworden. Jemand anders muss die Flyer in der Stadt verteilen. Meldest du dich dafür?

- ☐ Auf gar keinen Fall. Dafür hab ich auch gar keine Zeit.
- ☐ Klar! Ich nehme einfach eine Freundin mit und gemeinsam wird's schon Spaß machen.
- ☐ Na ja, Flyer verteilen ist schon wichtig. Aber so richtig Lust darauf hab ich nicht. Wenn sich sonst keiner meldet …

9. Deine Band spielt bereits zweieinhalb Stunden. Das Publikum tobt immer noch und fordert eine dritte Zugabe. Sollt ihr weiterspielen?

- ☐ Hm … wir müssen ja auch noch alles zusammenpacken und aufräumen, da kommen wir dann erst richtig spät nach Hause.
- ☐ Schon cool, dass denen unsere Musik gefällt, aber langsam werde ich echt müde.
- ☐ Natürlich! Jetzt drehe ich erst richtig auf. Je mehr Applaus, desto besser. *Whoohoo!*

10. Dein Freund findet, dass du durch die Band kaum noch Zeit für ihn hast. Würdest du für ihn die Band verlassen?

- ☐ Wenn es ihm so wichtig ist, werde ich versuchen, etwas weniger Zeit mit der Band zu verbringen. Ich will ihn nicht verlieren, aber die Band ist mir auch wichtig.
- ☐ So einfach ist das nicht, ich habe ja auch der Band gegenüber Verpflichtungen. Vielleicht finden wir einen Weg, wie er ebenfalls in der Band mitwirken kann. So könnten wir mehr Zeit miteinander verbringen.
- ☐ No way! Ohne mich würde die Band nicht überleben. Und wenn mein Freund mein Hobby nicht unterstützt, dann ist er nicht der Richtige für mich.

Ich habe

_____ mal 🌱

_____ mal ♠

_____ mal 🎵

Auswertung:

Hauptsächlich 🎤 :

Die Bühne ist wie für dich gemacht: Spotlight, jubelnde Fans, Autogramm-stunden. Du bist eindeutig die Leadsängerin und somit der Star eurer Band, deren Erfolg für dich das Wichtigste ist. Schließlich ist berühmt zu werden dein ganz großer Traum. Wenn es um eure Musik und eure Karriere geht, weißt du genau, was du willst, und sagst immer offen deine Meinung. Pass aber auf, dass du bei all der Aufmerksamkeit nicht abhebst und damit die gute Stimmung in der Band gefährdest.

Hauptsächlich 🎸 :

Wenn du in eurer Band Musik machst, bist du voll in deinem Element: coole Beats, gemeinsame Jam-Sessions, adrenalingeladene Auftritte. Du bist die coole Gitarristin der Band. Dir geht es hauptsächlich um das Gruppenfeeling und dass ihr zusammen gute Musik macht – weniger um den Rummel um deine Person. Du genießt aber natürlich auch die Momente auf der Bühne vor einem großen Publikum. Vielleicht kannst du mal mit deinen Band-Kollegen über ein längeres Gitarren-Solo reden?

Hauptsächlich 💚 :

Backstage gehst du so richtig auf: Kostüme, Make-up, Technik oder PR. Du bist das Organisationswunder schlecht-hin. Ohne dich wäre die Band aufgeschmissen. Du liebst die Stimmung rund um die Band, genießt gemeinsames Ab-hängen und die coolen Band-Partys. Selbst im Rampenlicht stehen zu wollen, ist für dich aber kein Thema. Solltest du trotzdem irgendwann Lust aufs Bühnenfeeling bekom-men, versuch es einfach mal – vielleicht schlummert ja doch auch musikalisches Talent in dir.

Ravensburger Bücher

1000 Gefühle
Du entscheidest selbst!

1000 mal Herzklopfen
und weiche Knie

Diese Bände sind bisher erschienen:

Habe ich			ISBN 978-3-473-
◯	**Band 1**	Herzklopfen beim Schüleraustausch	52557-7
◯	**Band 2**	Liebesalarm auf dem Tierhof	52558-4
◯	**Band 3**	Gefühlschaos beim Chatten	52559-1
◯	**Band 4**	Traumtyp am Filmset	52560-7
◯	**Band 5**	Herzflattern auf der Klassenfahrt	52564-5
◯	**Band 6**	Liebesflüstern beim Schulball	52565-2
◯	**Band 7**	Lovesong in der Schülerband	52573-7
◯	**Band 8**	Ferienflirt in London	52574-4

www.ravensburger.de

Ravensburger